Arsène Lupin 亞森・羅蘋冒險系列 16

Victor de la Brigade mondaine

神探與羅蘋

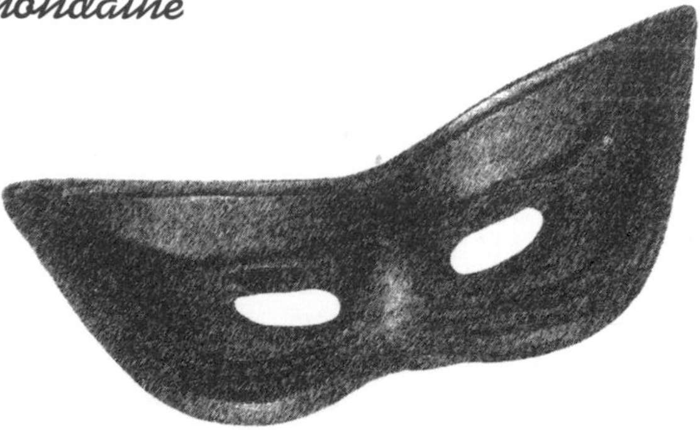

莫里斯・盧布朗／著
呂姍姍／譯

好讀出版

官兵抓強盜，你站在哪一邊？
——讀《神探與羅蘋》的兩難困境

推理作家　呂仁

以「怪盜」爲偵查主體的作品乃推理文學的一支，而且枝繁葉茂，自夜賊系列的萊佛士、到亞森・羅蘋乃至於雅賊柏尼・羅登拔以降，這些作品以「賊」爲主角，大大有別於杜賓、福爾摩斯、白羅等以「神探」爲偵查主體的解謎推理小說。以角色多變的亞森・羅蘋來說，他顯然是囊括了這兩種類型，如他化身成爲偵探吉姆・巴內特（Jim Barnett，出自《名偵探羅蘋》），那可說是盧布朗筆下解謎性最強的作品；若以怪盜本尊角色出場，那恐怕會以冒險風味佔上風。

在亞森・羅蘋的故事裡，警察角色的存在，似乎也免不了遭到主角玩弄的命運，常登場的葛尼瑪探長與貝舒刑警只能當個認眞辦案的平凡角色；其他能夠與羅蘋分庭抗禮的角色，大概就屬《奇巖城》裡的高中生偵探伊席鐸・伯特雷、以及自柯南・道爾作品中借用的神探代名詞——夏洛克・福爾摩斯了。

這類「怪盜」作品中的偵探角色，可說是相當值得玩味的存在。怎麼說呢？有時這類作品沒有偵探（故事講述怪盜取得財寶的過程就夠驚險刺激的了，不用偵探來插花）；有時怪盜自己就是偵探（像是雅賊柏尼・羅登拔為了證明自己不是凶手，只好查出眞凶是誰）；有偵探角色但偵探很笨（這種寫法最倒盡胃口，通常笨角色都是警察擔任，何苦拖偵探下水）；最後一種最不好寫，相對而言也最為精采，即「有偵探角色而偵探很神」的情形。

怪盜與偵探的對決一直是盧布朗筆下的重要主題之一，以他召喚福爾摩斯與羅蘋對決的案件就有四個，諸如〈遲來的福爾摩斯〉（收錄於《怪盜紳士亞森・羅蘋》）、〈金髮女子〉與〈猶太燈〉（收錄於《怪盜與名偵探》）以及《奇巖城》。但因為書中福爾摩斯的形象不佳，對決的結果也是羅蘋獲勝，所以即使他把 Sherlock Holmes 改為 Herlock Sholmes，Watson 醫生改為 Wilson，仍招致爭議。福爾摩斯迷或福學研究者把這些盧布朗筆下與福爾摩斯相關的案件，視為福爾摩斯正典之外的仿作或戲作，或可說是一種阿Q式的「精神勝利法」。

除了與（偽）福爾摩斯的對決之外，《神探與羅蘋》中的警探維克多，是另一類型的神探怪盜對決。維克多是一位足智多謀但脾氣暴躁的老警察，他因為國防債券竊案而與羅蘋展開交手。傳統上這類警察偵探在推理小說中多半癡愚不堪，更遑論以怪盜為主角的故事了，誰都可以預料故事裡的警察會被糟蹋成什麼模樣。然而，警探維克多卻有著不同於其他小說人物前輩的驚人表現，如此一來，案件呈現的是雙雄對峙的緊張局面。

這難道是另一型態的「福爾摩斯對決亞森·羅蘋」嗎？當然不是，作者盧布朗顯然不以前述模式為滿足，而巧妙地透過角色設定達成十足的閱讀意外性。這種意外性使得原先鎖定在「羅蘋如何逃離維克多追捕」的閱讀樂趣加倍，讀者大可以期待若羅蘋被逮捕，作者要如何安排羅蘋的後路。當然，如果還玩初登場的越獄那招，那就略嫌老套了，箇中巧妙，有待讀者自行品味一番。

《神探與羅蘋》是一部讀來心理懸疑感十足的作品，維克多警探的活躍不僅把羅蘋逼到牆角，還成為緝捕羅蘋的警界代表性人物，怪盜生涯面臨如此危機，實在是讓廣大的羅蘋傾慕者捏好幾把冷汗。欲知詳情，就讓我們一起跟著警探維克多，去逮住羅蘋吧！

鬥智機巧的警賊對決

推理作家　寵物先生

若仔細檢視羅蘋系列的作中年代，我們會發現《神探與羅蘋》是頗具紀念性的作品。

這得從第一次世界大戰談起。大戰即將結束的一九一八年開始，盧布朗陸續發表「佩雷納三部曲」——《黃金三角》、《棺材島》與《虎牙》，這三則故事都以大戰末期爲背景（或剛結束不久）。《虎牙》的結尾中，羅蘋說了一段歌頌戰前美好年代（Belle Époque）的話，稱其爲「羅蘋的時代」並就此退隱，不再過問世事。

彷彿印證這句話般，盧布朗之後發表的羅蘋系列作，幾乎都將年代設定在大戰之前，不是像《魔女與羅蘋》（*La Comtesse de Cagliostro*）將時序拉回到青少年時代，撰寫羅蘋「前傳」，就是像《八大奇案》、《名偵探羅蘋》、《奇怪的屋子》那樣，去填補《奇巖城》和《八一三之謎》兩案間的空白時期。

一直要到一九三四年，本書《神探與羅蘋》發表，「二次大戰後的羅蘋」才正式重現江湖，此時的他，已是個頭髮半白的中年紳士了，日本翻譯家保篠龍緒將本書譯名為《羅蘋再現》（ルパン再現）正是其來有自。書中的社會風物描寫（開頭的有聲電影、俄國革命後的肅清組織「契卡」、「參加過馬恩河戰役」的計程車等）也充分表現出戰間期的年代感。

本書主角是一名任職巴黎警察總局刑事處風化組的老警探維克多，某日他在電影院遇見一神祕的棕髮女子，隨後因機緣逮捕國防債券失竊案的嫌犯，卻發現債券已被攜出，循線追查後陸續發生兩樁命案，竟發現與該女子有密切關聯。剛好這陣子怪盜亞森・羅蘋復出的傳聞甚囂塵上，女子被認為是羅蘋的同黨，維克多為了捉拿羅蘋，用計接近女子……

羅蘋故事的警察角色，大抵不脫古典解謎推理小說的特質，他們篤信團體搜查方法，堅持實實在在地走訪辦案，卻欠缺那麼一點智慧。系列中的要角葛尼瑪、貝舒兩位刑警，就經常被羅蘋耍著玩，不是差一點逮到羅蘋卻被溜走，就是對於真相毫無頭緒而被他嘲笑，可說是陪襯性質的丑角。

然而本作的維克多警探卻似乎不是那麼回事。透過他的視點，讀者慢慢會發現這名警察的與眾不同之處：他積極、難纏，具備敏銳的洞察力，經常單獨行動，甚至會採用誘敵戰術，並深入敵境臥底！這種現代冷硬犯罪小說經常會用到的警察特質，卻在七十多年前的作品中出現，使得本作形式雖然是警察小說，讀來卻有不同風味。

當然，我們知道依照慣例，羅蘋是這個系列的神，總是獲得最後勝利——這是否意謂著這位追捕羅蘋的刑警，結局會不會依舊吃癟，虎頭蛇尾呢？關於這點，作者盧布朗有個相當巧妙的安排，就請各位翻開本書拭目以待吧！

筆者曾於《兩種微笑的女人》推薦序中提及法國的羅蘋影集，前八集已代理至台灣，其中第二集即為《神探與羅蘋》的改編版本，劇情內容更動不少，維克多身分變成從非洲歸國的神祕探員，上司莫萊翁替換為吉查探長（影集裡相當於葛尼瑪的角色）。有興趣的讀者可以找來看看。

contents 目錄

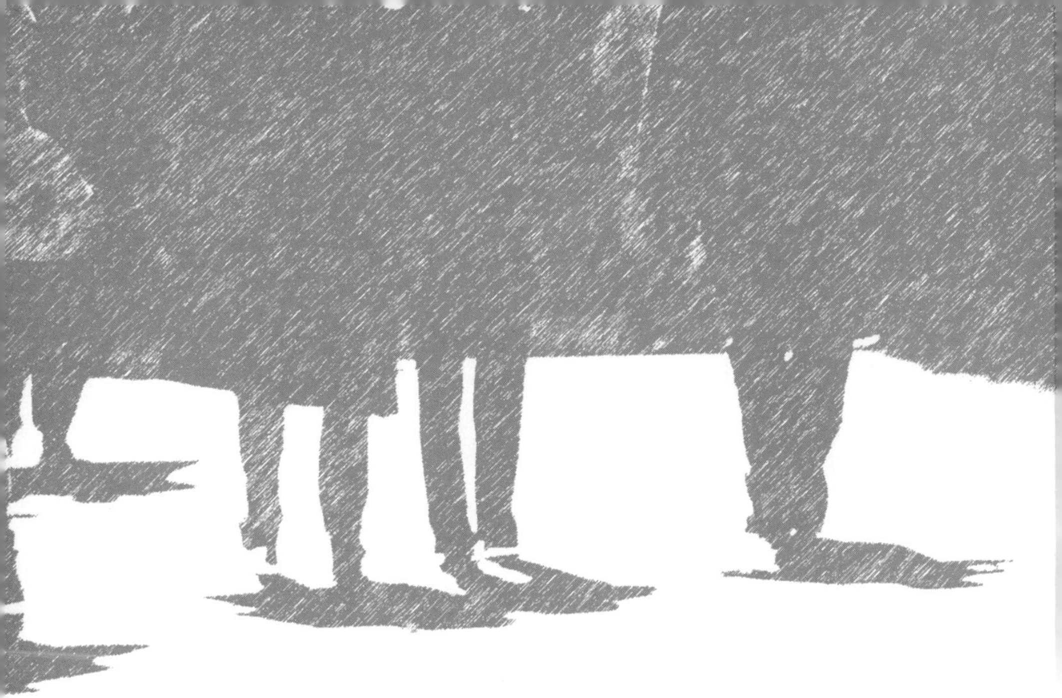

Prologue 引子

巴黎警察總局刑事處風化組警探維克多，因破獲國防債券失竊案、萊斯科老頭和艾麗絲・馬松這兩起謀殺案，並與亞森・羅蘋進行堅決對抗而獲得讚譽。在此之前，他是一個足智多謀但脾氣暴躁到令人難以忍受的老警察。他辦案隨心所欲，就連報紙都多次披露他怪誕任性的辦案作風，其中的一些批評引起了局長的注意。以下是刑事處長戈蒂耶先生寫給局長來為屬下辯護的一封私函。

維克多警探眞名爲維克多・奧丁。他的父親是共和國的一名檢察官，四十年前死於土魯斯。維克多・奧丁在殖民地生活過一段時間，是位出色的公職人員，專肩負那些最棘手、最危險的任務。他經常被調換工作地點，因爲有人的妻子被他誘惑、或女兒被他騙走而投訴他，這些醜聞阻礙了他升遷之路。

隨著時間的推移，他收斂了不少。他繼承了一份豐厚的遺產，可又想做點事來打發閒暇時間，於是託我在馬達加斯加島居住的一位表弟向我舉薦。我這位表弟十分崇敬他。實際上，雖然維克多已不年輕，還總是我行我素，性格又多疑，但卻是不可多得的好幫手。他做事謹慎，沒啥野心，爲人低調，我對他的工作表現相當滿意。

坦白地說，處長寫這封信之時，維克多的名望尚僅限於其上司、同僚這個窄圈子。直到那位極難對付的怪盜亞森・羅蘋突然出現在他面前並攪和進重大的國防債券案時，維克多這才引起別人的注意。彷彿是偶然之機會讓他對付非凡的敵手，使這位老警探與生俱有的頑強特質一下子徹底激發出來。

維克多進行的是一場充斥陰險、無情與仇恨的激烈戰鬥。剛開始由他暗中潛伏追查，後來被揭露於大眾面前。出人意料的戲劇化結局不僅提升了羅蘋的威望，也使風化組的維克多聲名鵲起。

chapter 1

傳環遊戲①

1

風化組的警探維克多在這個週日下午去巴爾達薩影院，實屬偶然。他本來在盯梢，但是四點的時候，鎖定的目標卻在熱鬧的克裏希大道上消失蹤影。為了避開流動市集熙熙攘攘的人群，他在露天咖啡館坐下來，瀏覽起一份晚報，其中一則新聞吸引了他的目光。

近日來，著名大盜亞森・羅蘋在幾年的沉潛後重新露面，引起公衆議論。上週三有人在東部某個城市見到過他。巴黎當局出動警力前去緝拿，但又讓他再一次逃脫了。

「混蛋！」維克多低聲咒罵。身爲一名剛直不阿的警察，他把所有壞人都看成是自己的敵人，在談論如斯匪類時用詞毫不客氣。

就這樣，維克多憋著一肚子火走進了電影院，那裡下午正上演一部相當流行的偵探電影。維克多被安排在靠邊的樓廳座位。中場休息時，維克多低聲抱怨起來，氣自己當初到底爲何進電影院。他打算離開，起身時候看到就在離他幾公尺遠的對面包廂裡，坐著一個漂亮的女人，臉色蒼白，紅棕色秀髮映射出褐色光澤。她是那種頗惹眼的女人，儘管她無意賣弄風情，眾人的目光還是被她吸引去。

維克多留了下來。在放映廳光線又突然變暗之前，他早已把美人髮絲泛出的褐色光澤和她明眸金屬般的光彩映在心裡，不再分神於電影中荒謬無聊的情節，直等到放映結束。

這倒不是他認爲以自己年齡還能取悅於人，並非如此。他清楚知道，自己相貌粗魯，表情僵硬，皮膚粗糙，兩鬢花白，總之一副年過半百的退伍軍人劣樣。然而他總是穿著過於緊身的成衣，故作風雅。他喜歡欣賞女性的美麗，這會讓他憶起昔日激情。此外，由於熱愛現在所投入職業之故，有時遇見的女人會吸引他去探索她們隱藏的神祕與悲劇，甚至極其簡單的生活瑣事。

當燈光再一次亮起時，那個女人站起身來。在亮光下，維克多發現她個子高䠷，舉止優雅，穿著名貴。種種魅力因子使他對這女人更加感興趣，他想看她、瞭解她，於是跟著她。這一方面是出於好奇心，一方面也是職業病使然。但就在他剛要靠近她時，樓下觀眾中突然響起了一陣騷動。

有個男人喊道：「抓賊！抓住她！她偷了我的東西！」

那位優雅的女士俯身往樓下看，維克多也向下看。樓下的中間過道裡，一個矮胖的男子正舞動著雙手，神情緊張，拚命推開周圍的觀眾。他手所指那個想逮住的對象應該溜遠了，因爲維克多和其他觀眾都沒看到有哪個女人正試圖逃跑。然而他卻還在氣喘吁吁地大吼著，踮著腳，用臂肘和肩膀向前擠。

「在那！就在那！她出了大門……黑頭髮的……黑衣服……戴帽子那個……」

他呼吸困難，口齒不清，人們不知他說的到底是哪個女人。最後，他猛地推開人群，闢出一條路，跳到了大廳裡，跑向敞開的大門邊。

維克多迅速下了樓，來到那男人面前，這個人此刻還在喊：「抓賊呀！抓住她！」

外面的流動市集上，響徹各種樂團的音樂，傍晚的光線中飛揚著灰塵。可能是跟丟了目標，年輕男子模樣驚慌地在人行道上一動不動的站了兩三秒鐘，雙眼向左向右、朝對面環視，搜尋著目標。突然間，他大概是看到了她，便向克裏希廣場跑去，鑽進川流不息的車陣人潮中。

他現在不再喊了，疾速奔跑，有時還會跳起來，彷彿意圖在數以百計的行人裡捕捉住那個偷走他東西的女人。但是，他隱約覺得從電影院出來後，就有個人跟著他跑，且幾乎與他並肩而行，令他頗受鼓舞，跑得更快了。

有個聲音對他說：「您還能看到她嗎？……您怎麼可能看得到她呢？」

他氣喘吁吁地說：「不，我看不到她，但她肯定是從這條街逃走的……」

他跑入了一條行人較少的街道，這條街上如果有個女人比其他女人走得快，很容易被察覺的。

在一個十字路口處，他說：「您走右邊的路……我走這條，我們在盡頭會合……那個女賊個子不高，棕色頭髮，身穿黑色衣服……」

他跑不到二十步，就上氣不接下氣的倚靠在牆上，一副搖搖欲墜的樣子。這時他才意識到，他的同伴並沒有遵循其指示去抓賊，而是好心地扶住了他。

「怎麼！怎麼！」他氣憤地說：「您還在這兒？我不是讓您去……」

「是的，我還在這兒，」那個人回應道：「但是，自從克裏希廣場開始，您實際上都在走冤枉路。必須要動腦子想一想呀，這種事我見得多了，有時候一動反不如一靜。」

年輕人觀察著眼前這位熱心人士。奇怪的是，他雖看上去年紀不輕，可跑了這麼一大圈，竟然一點也沒氣喘吁吁。

「喔！」他表情沉鬱地說：「您見得多了？」

「是的，我是警察……維克多警探……」

「您是警察？」年輕人心不在焉地重複著這句話，兩眼發直。「我從沒跟警察打過交道。」

這對他來說是件愉快的事，還是不愉快的事呢？他伸出手向維克多表示感謝。

「再見……感謝您的好心……」

他正準備離開，維克多攔住了他。

「那個女人呢？那個小偷怎麼辦？」

「不要緊……我會找到她的……」

「我也許可以幫得上忙，您不妨跟我說說細節吧！」

「細節？什麼細節？是我自己弄錯了。」

他開始快步走起來，警探以同樣的速度跟上。年輕人越是想結束對話，維克多就追得越緊，他們甚至不再說話了。年輕人彷彿急於想達成一個目標，但這目標卻不是抓賊，因爲他顯然在盲目地亂走。

「進來吧！」警探用胳膊把年輕人引到某棟大樓的底層。那兒掛著一個紅燈，牆上寫著「派出所」。

「派出所？來這裡做什麼？」

「我們需要談一談，在大街上不方便。」

「你瘋了！放開我！」年輕人反抗道。

「我沒瘋，也不會放你走。」維克多語氣激烈地反駁，放棄對電影院那位美麗女子的追逐使他感到異常惱火。

年輕人動手反抗，向維克多揮起拳頭，自己反倒挨了兩拳。最後受伏的他，只得聽話，被帶到一個房間裡，裡面有二十多名制服警察。

維克多一進門便說：「我是風化組的維克多警探，有幾句話要和這位先生談談。不打擾各位吧，所長？」

一聽到維克多這個警界耳熟能詳的名字，整個房間裡的人頓時充滿了好奇心。所長馬上允從維克多的安排，讓維克多簡要說明了一下情況。年輕人則已經癱倒在一張長凳上。

「累了吧，嗯？」維克多大聲說道：「你跑得那麼快做什麼？那個女賊你打一開始就跟丟了，難不成是你自己在逃跑？」

年輕人反駁道：「這和你有什麼關係？我有權利去追一個人吧，眞是的！」

「但你沒有權利在大庭廣眾下製造混亂，就像人們無權在鐵道邊隨便拉響警笛一樣……」

「我沒有傷害任何人。」

「誰說沒有，你就傷害了我。我當時追蹤正有眉目，你一來，便全壞事了！把你的證件拿出來……」

「我身上沒有。」

很快，他就無可否認了。維克多敏捷地搜查罪犯的外衣，拿到錢包，檢視了一番，低聲問道：「這是你的名字，阿逢斯・歐迪格朗？阿逢斯・歐迪格朗……您認識這個名字嗎，所長？」

所長提議說：「可以打電話問問……」

維克多取下話筒，要求接線到警察總局，等了一會兒後說：「喂……請轉刑事處……喂，是你嗎，勒費比？我是風化組的維克多，我手裡有個叫歐迪格朗的人，看上去好像有問題。你聽說過這名字嗎？什麼？是，阿逢斯・歐迪格朗……喂……一封史特拉斯堡來的電報？讀給我聽聽……太好了、太好了……對，一個矮胖子，留著八字鬍……對……現在是誰值班？艾杜安探長？把這件事彙報給探長，讓他來于爾森街派出所把人帶走。謝謝！」

掛斷電話後，維克多轉過身對歐迪格朗說：「你是東部中心銀行的職員，上週四開始不見人影，而同一天發生九份國防債券失竊，共計九十萬法郎。你剛才在電影院裡被人偷走的肯定就是這筆錢。她是誰？那個女賊是什麼來歷？」

歐迪格朗哭了起來，無力爲自己辯解，只得愚蠢地承認道：「我是前天晚上在地鐵裡認識她的……昨天我們一起享用了午餐和晚餐。她兩度注意到我口袋裡藏著一只黃色信封。今天在電影院的時候，她一直俯靠我身上，並吻我……」

「那個黃色信封裡裝著國防債券？」

「是的。」

「那個女人叫什麼名字？」

「艾妮絲蒂娜。」

「她姓什麼？」

「我不知道。」

「她有家人嗎？」

「我也不知道。」

「她是做什麼的？」

「打字員。」

「在哪裡工作？」

「一家化學用品公司。」

「那家公司在哪？」

「我不知道，我們都是在瑪德蓮街附近見面。」

歐迪格朗劇烈地抽泣著，連話也講不清楚。維克多得到足夠的信息，站起身來，告訴所長要採取一切預防措施保護罪犯安全，隨後便回去吃晚餐了。

對於維克多來說，歐迪格朗已經不再重要了。他甚至後悔插手這件事，而與電影院裡的美麗女子失之交臂。多麼漂亮的女人啊，又是那麼的神祕！歐迪格朗這個白癡怎麼能如此愚蠢地截斷她和維克多的機緣。維克多是多麼喜歡欣賞陌生的美人兒，多麼熱中於揭去籠罩她們身上的謎樣色彩！

2

維克多住在泰恩街區一間舒適的小房子裡，有名老僕人伺候他。維克多名下有一筆財產，性格獨立又喜好旅遊，所以和警局間保持十分隨意的關係。儘管警局同僚都很敬重他，但卻把他看成特立獨行之士、偶爾的工作夥伴，而非一個循規蹈矩的警員。如果他討厭一個案子，世界上就沒有任何人或事能逼迫他繼續查下去，哪怕是命令或威脅。如果對某個案子感興趣，他就會二話不說立即接下，追蹤到底，最後拿偵破的案子向庇護他的處長交差，之後就又沒了他的音信。

第二天是星期一，他在報紙上讀著前一天逮捕事件的相關消息報導。艾杜安探長透露太多細節的說明使他十分惱火，他向來認爲一個好警察應當行事謹慎。維克多準備要去辦別件事時，又看到這份報紙指出亞森・羅蘋曾出沒的東部城市正是史特拉斯堡，國防債券也正是在史特拉斯堡被竊！這當然純屬巧合，因爲愚蠢的歐迪格朗不可能和亞森・羅蘋扯上任何關係。不過，話雖這麼說……

他立即翻查電話號碼簿，下午開始調查所有化學用品公司，並在瑪德蓮街區裡實地搜尋。直到下午五點，他才發現確實有個叫艾妮絲蒂娜的打字員，她在塔伯山街的化學用品商行上班。

他打了通電話給商行經理，經理的回答讓他覺得應該馬上去一趟。

商行用隔板隔成一個個小辦公空間，顯得狹窄。維克多剛走進經理的辦公室，就迎頭受到對方強烈的抗議。

「艾妮絲蒂娜・佩耶是小偷？這麼說今早報紙上所說的逃跑小偷就是她？不可能的，警探先生。艾妮絲蒂娜的父母都是有頭有臉的人，她和父母一塊住……」

「我可以問她幾個問題嗎？」

「如果您堅持的話……」

經理叫來了服務生。

「去請艾妮絲蒂娜過來一下。」

進來的是一個瘦小女子，舉止謹慎，看上去性格溫柔。她神情緊張，彷彿準備在最壞情況下做堅決的抵抗。

當維克多用他那強硬的表情，問起她把前一晚在電影院裡偷來的黃色信封藏到哪裡時，她馬上就崩潰了。和歐迪格朗一樣，她毫無反抗力，癱軟在椅子上哭了起來，結結巴巴地說：「他說謊……那個黃色信封是我在地上瞧見的……順手揀了起來，今天早晨才在報紙上看到他指控我……」

維克多伸出一隻手，說：「信封呢？妳帶在身上嗎？」

「不在，我不知道該如何找到那位先生。信封在我的辦公室裡，就擱在打字機旁。」

「那就走吧，我們去拿。」維克多說。

艾妮絲蒂娜走在前頭，她的辦公室位在隱蔽的角落，被鐵絲網和屏風擋著。她掀開桌子邊緣的一疊信件，臉上露出驚異表情，急躁地在信件中翻找。

「沒有，」她驚愕地說：「信封不見了。」

「所有人都不許動！」維克多向周圍聚集的十幾名雇員命令道。「經理先生，我打電話給你時，只有你單獨在辦公室嗎？」

「應該是。啊，不，不是，我想起來了，會計莎桑太太也在。」

維克多說：「這麼說，她可能聽到了我們的對話。我們談話時，你有兩次叫我警探，還提到了艾妮絲蒂娜的名字。另外，莎桑太太有可能和其他人一樣讀過報紙，知道警方懷疑艾妮絲蒂娜小姐。那位莎桑太太在嗎？」

一名雇員說：「莎桑太太總是在五點四十分離開去搭六點的火車，她家在聖克盧。」

「十分鐘前，我遣人把艾妮絲蒂娜叫到經理辦公室時，莎桑太太走了嗎？」

「還沒走。」

「小姐，妳看見她離開了嗎？」維克多問打字員。

「是的。」艾妮絲蒂娜回答：「她當時一邊戴帽子，一邊和我聊天。」

「就是在這時候，有人喚妳去經理辦公室，所以妳順手把信封扔到這疊信件中？」

「是的。在這之前，我把信封放在上衣裡。」

「莎桑太太有看見妳的動作吧？」

「我想是的。」

維克多瞄了手錶，打聽了莎桑太太的特徵，得知這是一位四十歲的紅髮女人，身材矮胖，穿著一件蘋果綠色毛衣。隨後他就離開了商行。

在樓下，他遇到了艾杜安探長。探長前一天晚上剛把阿逢斯・歐迪格朗領走，見到維克多時，不禁疑惑地高喊：「怎麼，你這麼快就找到這兒來啦，維克多？你已經見到歐迪格朗的情人了？那位艾妮絲蒂娜小姐？」

「是的，一切正常。」

維克多沒多耽擱，攔了輛計程車直接赴車站，及時趕上六點的火車。一眼望去，他發現自己所在的車廂裡沒有任何穿蘋果綠色毛衣的女人。

火車開動了。

周圍的乘客都在讀晚報，他身旁有兩個人正在談論黃色信封和債券失竊案，他這才意識到原來事件的每一個細節俱已公開於眾了。

一刻鐘後，火車抵達聖克盧。維克多馬上去找火車站站長交談，隨後派員監視所有出口。

火車上的乘客很多。當一位身穿灰色大衣，下襬露出蘋果綠色毛衣的紅髮女士手持票卡想要通過時，維克多輕聲說：「請跟我走一趟，女士，我是刑事處的……」

那位太太顫抖了一下，低聲抱怨了幾句，便隨著警探來到站長的辦公室。

維克多開口說：「您是化學用品商行的職員，不小心把打字員艾妮絲蒂娜放在打字機旁的一只黃色信封帶走……」

「我？」她鎮定地說：「先生，您弄錯了。」

「那我們就不得不……」

「搜我的身？當然可以，請搜吧！」

她口氣如此肯定，讓維克多猶豫了一下，如果她眞是清白的，不是該為自己辯解嗎？

維克多將她帶進了隔壁的房間，由火車站一名女職員來搜身。從她身上沒有搜出黃色信封，也沒有國防債券。

維克多早就預料到這一點。

「告訴我您的地址。」維克多態度嚴厲地說。

又一班從巴黎開來的火車到站，艾杜安探長剛一下車就剛好碰上維克多。

維克多平靜地說：「莎桑太太有時間把信封放到安全地點。如果昨晚在警局我們沒當著記者的面談論案情，人們哪兒會知道這個裝著鉅款的黃色信封，莎桑太太也不會起歹念去偷，我就能順利從艾妮絲蒂娜的上衣裡拿到信封了。唉，這一切正是辦案太張揚的後果。」

艾杜安探長想反駁，但維克多接著說：「我總結一下。歐迪格朗、艾妮絲蒂娜、莎桑太太……短短二十四小時之內，國防債券轉過三位貪財鬼之手，現在傳到第四位了。」

一列開往巴黎的火車進站，維克多上了車，獨留上司艾杜安探長在月台上發楞。

3

星期二一大早，維克多穿著那件像古老騎兵制服的緊身上衣，駕駛他那輛廉價的四人座敞篷汽車，前往聖克盧展開仔細的調查。

維克多作此推斷：莎桑太太拿著信封，不可能在前一天晚上五點四十分到六點十五分之間把如此重要的東西隨便放在某處。按邏輯推理，她應是把信封交給了誰。如果不是在巴黎開往聖克盧的火車上，她有可能在哪裡遇到這個人呢？因此，該把調查目標瞄準和莎桑太太同車廂的人，尤其是那些她能信任的對象。

維克多找到了莎桑太太住處，不過沒什麼收穫。莎桑太太住在她母親家裡，這一年來，她與在朋圖瓦斯做五金製品商的丈夫鬧離婚。母女倆名聲不錯，平常只與三位老朋友親密交往，但這三人在前一天都沒去過巴黎。另一方面，莎桑太太其貌不揚的外表也很難讓人懷疑她會有什麼出軌行爲。

到了星期三，維克多的調查仍無明確進展，這令他感到擔憂。第四號盜賊吸取了前三位的教訓，變得更加謹慎，能適時採取預防措施。

星期四，維克多來到聖克盧鄰近市鎮歌爾詩一家名叫「動感」的咖啡館，耗了一整天時間在周遭維爾達芙萊、馬恩拉科凱特和賽弗爾鎮尋找線索。

入夜後他回到動感咖啡館享用晚餐，對面是歌爾詩車站，從聖克盧通往沃克瑞松的公路也通過這裡。

九點的時候，艾杜安探長突然到這兒來，讓維克多感到吃驚。探長對他說：「終於找到你啦！我可找了你一整天。處長發火了，一下子就不見人，也不來個電話。事情有進展嗎？打聽到什麼消息啦？」

「你那邊呢？」維克多低聲反問。

「一無所獲。」

維克多點了兩杯飲料。他慢慢地品嚐橙香酒，一邊說：「莎桑太太有個情人。」

艾杜安嚇了一大跳。「你瘋了！憑她那副尊容！」

「莎桑太太母女倆每逢星期日會去散步，四月倒數第二個星期日，有人看見她們兩個在福斯赫波茲森林和一位先生在一起。一週之後，也就是兩週前，沃克瑞松那邊又有人看見他們三位坐在樹下吃點心。這位先生名叫萊斯科，住在歌爾詩北邊，離聖庫庫法森林不遠的一座名叫『簡陋小屋』的房子裡。我隔著花園籬笆看見了他，看上去年約五十五歲，身體孱弱，蓄灰白山羊鬍。」

「這點消息作用有限。」

「他有位鄰居瓦揚先生在火車站工作，肯定能提供更確切的信息。今晚瓦揚先生開車送妻子到凡爾賽去看顧一位生病的親戚，我正等他回來。」

他們等了好幾小時，這期間兩人沒怎麼交談，向來不愛說話的維克多昏昏欲睡，艾杜安則煩躁地吸著菸。

最後，在凌晨十二點半時，瓦揚先生終於返家，他立即大聲應答：「萊斯科老頭，我認識他！我們兩家距離不到一百公尺。這人有點孤僻，只管整理自己的花園。偶爾晚上會有一位女士來訪，不過只待上一兩個小時。除了星期日固定去散步外，他幾乎從不出門的，此外每週會抽一天時間去巴黎。」

「哪一天？」

「通常是星期一。」

「那麼，上星期一呢？」

「他也去了，我記得的，他回來時是我驗收的票。」

「幾點鐘到的？」

「他總是搭那班下午六點十九分抵達歌爾詩的火車。」

兩名警探互看一眼後，沉默了一會兒。艾杜安問：「從那以後，你還有沒有見到過他？」

「沒有。不過我妻子看見過，她是送麵包的。她說週二和週三這兩天，我值班時……」

「說什麼？」

「她說有人在『簡陋小屋』周圍遊蕩，萊斯科老頭的那條老哈巴狗在窩裡不停地吠叫。我妻子肯定那是個男人的身影，戴著一頂灰色鴨舌帽。」

「她認不出是誰嗎？」

「她認出來了……」

「你妻子目前人在凡爾賽，是嗎？」

「她到明天才會回來。」

說完之後，瓦揚隨即離去。

一兩分鐘過後，艾杜安探長總結道：「明天一早我們就去找萊斯科老頭，否則，連第四號小偷也有可能被盜。」

「在去他那兒之前……」

「我們先到他的房子附近轉一圈好了。」

他們悄悄地走在僻靜道路上，這些路蜿蜒直上，通向高原。之後他們又沿著一條兩側滿是別墅的公路前行。一束星光從純淨天宇映射下來，夜色溫煦寧靜。

「就是這裡了。」維克多說。

首先看到的是籬笆，然後是頂上置有鐵柵欄的牆。透過鐵柵欄，在草坪另一端可看到一棟兩層樓的小房子，有三扇窗戶並排。

「好像有燈光。」維克多小聲說。

「沒錯，二樓中間那扇窗戶透出的，可能是窗簾沒拉緊。」

另外一盞燈在右面窗戶裡一下亮，一下滅，又再亮起。

「太奇怪了，我們人在這兒，狗卻不叫。狗窩明明離我們近得很，我都能看見，就在那兒。」維克多說。

「可能被人殺了。」

「被誰殺了？」

「前兩天遊蕩的那個人。」

「這麼說，他是要今晚動手了……我們繞花園過去……後面有條小路……」

「聽！」

維克多仔細聽。「是，裡面有人在喊。」

緊接著又有叫喊聲，悶悶的，但是聽得很清楚。然後是一聲槍響，應是從亮著燈的房間傳出來的，接著又是叫喊聲。

維克多用肩膀猛地撞翻柵欄門，兩人穿過草坪，推開一扇窗戶翻越進去。維克多拿著手電筒跑上樓，樓梯平台上出現兩扇門。他打開對面的一扇，藉手電筒的光看到有個人躺在地上，不停地抽搐著。

一個男人企圖穿過隔壁房間逃走，維克多緊追過去，艾杜安則監視著樓梯平台的另一扇門。果然，那人與探長撞了個正著。但在經過第二間屋子時，維克多看到一個女人正翻過後邊窗戶往下爬，下面大概有梯子。他用手電筒照過去，認出是巴爾達薩影院那位淺褐髮女子。他正要跳下樓去追時，探長叫住了他。接著又是一聲槍響，還有呻吟聲……

他趕到平台上，扶起快要倒地的艾杜安，此時開槍的人已經跑到了樓下。

「快去追！」艾杜安呻吟著說：「我沒事，只是打在肩膀上……」

「沒事的話，就放開我。」維克多氣呼呼地說，試圖擺脫艾杜安。

可探長緊緊地靠在他身上以免摔倒，維克多將搭檔拖到第一間房的長沙發上，把人放下。他沒再去追那兩個早已跑掉的罪犯，而是跪在地板上的屍體前，此人正是萊斯科老頭，已經一動不動了。

「他死了。」維克多迅速檢查了一下，說：「沒錯，是死了。」

「卑鄙！」艾杜安低聲罵道。「黃色信封呢？搜一下。」

維克多已經在搜了。

「是有個黃色信封，不過皺巴巴的，而且是空的。可能萊斯科老頭從裡頭取出了國防債券，藏在別的地方，剛才被迫交了出來。」

「信封上沒寫什麼嗎？」

「沒有，只有透明的廠家商標。」商標上寫著：史特拉斯堡市古索紙業。

維克多一邊照顧受傷的艾杜安，一邊總結說：「史特拉斯堡……就是在那裡發生了第一起銀行失竊案。現在我們已查到了第五號盜賊……這是個膽大包天的傢伙。好傢伙！如果說前四號人物都是笨蛋，那麼這第五號可眞不好對付。」

他想到了捲入此案的那個漂亮女人。她在裡面做什麼？又扮演著怎樣的角色呢？

譯註：

①傳環遊戲內容為參加者相互傳遞一環，由另一個人猜該環在何人手中。此處是個暗喻，因為債券從一個人那裡不斷被另外一個人偷走，整個過程撲朔迷離，就像傳環遊戲一樣。

chapter 2

灰色鴨舌帽

1

車站職員瓦揚和兩位鄰居被響聲驚醒，跑了過來。其中一位鄰居家裡有電話，維克多請他通報聖克盧警局。另一位鄰居則去找醫生，醫生證明萊斯科老頭被一顆子彈打中了心臟，已氣絕身亡。艾杜安傷勢不重，被送回巴黎治療。

當聖克盧的警長帶著警員趕來，維克多先是確保犯罪現場保持原狀，然後向警長講述了命案的經過。他們倆一致認爲最好等到天亮再提取兩個罪犯留下的印記，於是維克多便返回了自己在巴黎的寓所。

九點時，維克多重返命案現場，看到「簡陋小屋」周圍聚著一群好奇的旁觀者，警察將他們遠遠地擋在外面。他進入了花園和小樓，那兒其他警員也在忙碌著。凡爾賽檢察院已派員來過現場，但巴黎有令，此案應由塞納區檢察院來辦理。

透過和聖克盧警長的談話以及個人本身的調查，維克多有了一些判斷，但都是否定的，因爲整體來看，案子仍然迷霧重重。

首先，對於從樓下逃掉的那名男子和從窗戶逃走的那個女人，警方一點線索都沒有。

警方發現女罪犯是翻過籬笆，從與大路平行的小路逃逸的。警方還找到了梯子留在樓下的痕跡。不過這架應是可折疊便於攜帶的鐵製梯子，始終不見蹤影。此外，兩名罪犯是如何會合並離開此地區的，亦不得而知。只知道有一輛汽車從半夜起停在三百公尺以外靠近拉塞勒．聖克盧種馬場的地方。這輛車在一點十五分開走，顯然是經過布吉瓦爾，沿塞納河返回了巴黎。

萊斯科老頭的狗被人毒死在窩裡。

花園的石子路上沒發現任何腳印。

從屍體上和艾杜安探長肩上取出的子彈屬同一型號，出自一把七點六五毫米口徑的白朗寧手槍。但是槍哪裡去了呢？

除此以外，再沒有其他線索。維克多趁記者和攝影師還未蜂擁而至之前開始調查。

他厭惡和別人一起辦案而浪費時間，就像他常說的，總是些「空談假設」。他只對案情感興趣，對案件需要的思考和智慧感興趣，至於其他如手段、取證、追蹤、盯梢等，他做起來並不情願，且總是獨來獨往、我行我素。

他再訪車站職員瓦揚家。瓦揚太太已從凡爾賽回來了，她聲稱自己什麼都不知道，也沒有認出前幾天晚上在「簡陋小屋」附近遊蕩的人。但是瓦揚去上班時在車站前追上維克多，兩人一起走進了動感咖啡館。

「您看，」一杯開胃酒下肚，讓瓦揚打開了話匣子，「我老婆歌楚，是送麵包的，她要給家家戶戶送麵包。如果她吐出些什麼話，是要負責任的。我就不同了，我是鐵路局員工，是公務員，理應協助司法機關。」

「也就是說？」

「就是說，」瓦揚壓低聲調說：「首先，她跟我說的那頂灰色鴨舌帽，今天早上我在院子裡清理垃圾堆時，在蕁麻叢下撿到了。昨晚那傢伙逃跑時，大概隨手扔過我家籬笆。」

「然後呢？」

「然後，歌楚確定週二晚上見到的那個戴鴨舌帽的傢伙，是她每天都會去送麵包的對象，頗有地位。」

「他叫什麼名字？」

「馬克西姆・杜特雷男爵。在那裡，您向左看，就是那棟房子，往聖克盧路邊上唯一的一棟房子……離這裡大約五百公尺遠……他和他夫人還有一個老女僕住在五樓。他們人還不錯，或許有點驕傲，但人都滿好的，所以我懷疑歌楚是不是弄錯了。」

「他靠年金生活嗎？」

「當然不是了！他是做香檳酒生意的，每天都去巴黎。」

「他平日幾點鐘回來？」

「他坐晚上六點的火車，六點十九分到這兒。」

「星期一他也是坐這班火車回來的嗎？」

「一點也沒錯。只有昨天我不曉得，因爲我載送妻子出門。」

維克多沒再追問，他想事情經過有可能是這樣：星期一晚上六點鐘，從巴黎發出的火車包廂裡，莎桑太太坐在萊斯科老頭身旁。母親不在場的平時，這位正在鬧離婚的女士盡量避免和她的情人說話。這一天她順手偷了那黃色信封，用耳語般的音量告訴萊斯科說她有樣東西要交託。於是她悄悄地將可能已捲紮好的信封塞給了他。同坐一節車廂的杜特雷男爵恰巧看到了這一動作，他讀了報紙……一只黃色信封……難道是巧合？

莎桑太太在聖克盧下了車，萊斯科老頭則一直坐到歌爾詩。同在歌爾詩下車的馬克西姆．杜特雷跟蹤萊斯科，記住了他的住處，週二和週三在「簡陋小屋」附近遊蕩，週四下決心動手……

「唯一的問題是，」維克多在與瓦揚分手後，朝他所指的房子邊走邊想，「所有這一切都銜接得太巧、太快了。眞相從來不會如此自發地展開，也不會如此簡單自然。」

2

維克多爬上五樓，按了門鈴。

一位戴眼鏡、白頭髮的老女僕來開門，連來客的名字都沒問，便把他引入客廳。

「這是我的名片。」他簡單地說。

客廳同時也是餐廳，單擺放著幾把椅子、一張桌子、一座碗櫥以及一張獨腳小圓桌，一切顯得簡樸而整潔。牆上掛著一些聖畫，壁爐上放著幾本書和宣道手冊。窗外望去，可以看到聖克盧公園迷人的景色。

這時，一位夫人走了進來，面帶驚訝。她看起來相當年輕，酒糟鼻，沒有搽粉，似乎略顯保守，胸部豐滿，梳著複雜髮型，穿一件褪色的便袍。如果她不擺出一副男爵夫人的高傲架子，整體上還算討人喜歡。

對視片刻，夫人冷冷地問道：「您有什麼事嗎，先生？」

「我想和杜特雷男爵談談，是關於週一晚上在火車上發生的事情。」

「大概是關於報紙上所說的黃色信封失竊案吧？」

「是的，竊案導致了昨晚歌爾詩的一起謀殺案，被害者是萊斯科先生。」

「萊斯科先生？」她無動於衷地重複道。「我根本不認識這個人……你們懷疑什麼人嗎？」

「目前還沒有。但我負責調查週一那日乘坐傍晚六點鐘從巴黎到歌爾詩這班列車上的所有乘客，既然杜特雷男爵……」

「我丈夫本人會回答您的問題，先生。他此刻在巴黎。」

她等著維克多離開，但維克多接著問：「杜特雷先生平常會在晚餐後外出嗎？」

「很少出去。」

「可是，星期二和星期三……」

「確實，這兩天他頭疼，就出去溜達一圈。」

「昨晚呢，星期四？」

「昨晚，他巴黎那邊有事，沒回家來。」

「他在哪裡過夜呢？」

「噢，不對，他昨晚有回來。」

「幾點鐘？」

「我睡著了。他回來不一會兒，我聽到十一點的打鐘聲。」

「十一點？也就是案發前兩小時。您確定嗎？」

男爵夫人在此之前都是機械似般回答問題，雖不失禮貌，卻讓人很不舒服。這時候她突然本能地意識到了什麼，但又想不出所以然來。她再看了一眼寫有「風化組警探維克多」的名片，面無表情地說：「我習慣只說實話。」

「那您和他有交談什麼嗎？」

「當然。」

「這麼說您當時完全醒了？」

她臉紅了，像是害羞，沒有回答問題。

維克多接著問：「今天早上，杜特雷男爵幾點出門呢？」

「當前廳門關上時，我醒了，時鐘正指著六點十分。」

「他沒和您道別嗎？」

這一次，她惱火了。「莫非這是審訊？」

「我們進行調查有時難免涉及到一些隱私，還有最後一個問題……」他從口袋裡拿出那頂灰色鴨舌帽，接著問：「這頂帽子是杜特雷先生的嗎？」

「是的。」她一邊仔細看著帽子，一邊說：「他已經好多年沒戴過這頂帽子了，我把它收在抽屜裡頭。」

她不以爲意的誠實作答，對她丈夫極其不利，但另一方面，這樣的態度不也證明了她在重點問題上並未撒謊掩飾嗎？

維克多離開了，並爲自己的突然造訪表示歉意，說他晚上會再過來。

見到門房還在，維克多又詢問起門房，他的回答和杜特雷夫人所言相符。男爵晚上約莫十一點鐘叫門，早上六點左右出門，夜間無人進出；因爲只有三層公寓出租，其他兩家晚上從不外出，所以門房很容易記住。

「除了你以外，還有其他人能從裡面把門打開嗎？」

「不行，得經過我的門房，門是鎖著的，而且上了插銷。」

「杜特雷夫人白天會出門嗎？」

「夫人幾乎從不出門的，是由他們家老女僕安娜負責採買東西。瞧，她剛從樓梯上下來。」

「房子裡有電話嗎？」

「沒有。」

維克多滿腹迷惑地離開了，腦中旋繞著相互矛盾的種種想法。實際上，不管對男爵做出何樣指控，他都有不在場的有利證據，就是案發時他陪伴妻子身邊。

吃完午餐後維克多又回到火車站，提出了問題：「當旅客稀少時，杜特雷男爵在這裡通過肯定會被注意到，那麼他今天早上有沒有搭乘早班列車呢？」

所獲得的是一致的否定答案。

那他是怎麼離開歌爾詩的呢？

整個下午，維克多到供貨商、藥劑師、政府科員、郵局職員那裡打聽杜特雷夫婦的情況。這次詢問使他瞭解到這對夫婦人緣不甚佳，讓他決定去找他們的房東古斯塔夫．紀堯姆先生瞭解情況。

紀堯姆先生是地方議員，兼營木材和木炭生意，他與杜特雷夫婦的糾葛是當地人們茶餘飯後的八卦話題。

紀堯姆夫婦在這片高原上另擁有一幢漂亮別墅。一進門，維克多就領受到舒適與富足，但也同時覺察到其中的失和與不安寧。維克多按了半天門鈴都沒人回應，他便逕自走進門廳，這時，他聽到樓上傳來吵架、摔門聲，一個男人的聲音厭倦而冷漠，一個女人的聲音憤怒而刺耳。

女人嚷道：「你純粹是個酒鬼！是的，就是你！古斯塔夫・紀堯姆議員，是個酒鬼！你昨晚在巴黎做什麼好事了？」

「妳明明知道的呀，親愛的，我和德瓦爾一塊吃晚餐討論事情。」

「還有那些輕佻的女人，肯定是。我瞭解你那『好友』德瓦爾，只知道花天酒地！吃過餐又去了女神歌舞廳①，是不是？裸女？跳舞、香檳，對吧？」

「妳瘋了，安麗葉！我說過啦，我開車送德瓦爾回絮萊恩。」

「幾點鐘？」

「我說不上來……」

「你當然說不上來，你喝醉了。應該是早上三、四點鐘吧，存心趁我睡著……」

爭吵馬上變成了打鬥，紀堯姆先生衝向樓梯，滾了下來，妻子在後頭狂追。他這時看到了等在門廳裡的訪客。

維克多馬上致歉道：「我按了門鈴，沒人回應，所以我就擅自……」

古斯塔夫・紀堯姆年約四十歲，面色紅潤，是個挺英俊的男人。他笑了起來，說：「您聽見啦？夫妻之間難免一點小口角，沒什麼要緊的……安麗葉是最棒的妻子……我們到辦公室談吧……請問您是……」

「維克多警探，刑事處風化組。」

「啊！爲了可憐的萊斯科老頭那碼事吧？」

維克多打斷他的話，說：「我這次來，主要是想瞭解一下您的房客杜特雷男爵……你們之間的關係如何？」

「非常糟糕。我和妻子曾在他們租住的公寓裡做房東住了十年，他們不斷地提出要求，無理取鬧，讓執達員送通知給我們……全是爲了雞毛蒜皮的小事，就拿公寓的備用鑰匙來說吧，我老早交給他們了，他們卻說沒拿到。總之，淨是些荒唐事。」

「結果你們雙方打起來囉？」維克多說。

紀堯姆先生笑著說：「這麼說您都聽說啦？天哪，是的，打了起來。我的鼻子挨了男爵夫人一拳……她肯定後悔得很。」

「她會後悔！」紀堯姆夫人叫道：「她那個潑婦，那個狠毒的臭女人，居然還上教堂！……至於男爵，警探先生，那人是個笨蛋，還破了產，連房租都不付，什麼事都做得出來。」

紀堯姆夫人面容俏麗，頗討人喜愛，但嘶啞的聲音彷彿專門用來罵人和發火的。她丈夫也同意她的意見，還道出了男爵可憐的處境：他在格勒諾布破了產，在里昂的生意也不乾不淨，這個人的過去充滿了詐欺和投機行為……

維克多沒有再問下去。他離開時聽見後面這對夫婦又開始爭吵起來，紀堯姆夫人尖聲問道：「你當時在哪兒？在做什麼？閉嘴，下流的說謊精！」

傍晚，維克多坐在動感咖啡館瀏覽晚報，沒看到什麼特別的新聞。但過了一會兒，歌爾詩的一男一女要求見他。他們從巴黎過來，確認曾於巴黎北站附近看到杜特雷男爵和一個年輕女子在一輛計程車裡，司機旁邊的座位上有兩只箱子。這確定嗎？維克多比誰都清楚這類證詞不一定可靠。

他心想：「不管怎麼樣，事情不難推理，要麼男爵已攜國防債券逃到了比利時……可能跟我在萊斯科老頭家窗邊見到的那名美女在一起；要麼就是別人謊報，一會兒男爵就會搭平時那班車回來。如果是這樣的話，儘管之前有種種跡象讓我們懷疑他，我們到底還是弄錯了。」

維克多去車站旅客出口處找到了瓦揚。

信號燈顯示火車即將進站，轉過個彎道後，列車出現在人們視線中。三十來個乘客走了下來。

瓦揚用臂肘推了一下維克多，低聲說：「朝這邊迎面走來……穿深灰色大衣、戴軟帽的那位，就是杜特雷男爵。」

3

維克多對男爵的印象不差。男爵絲毫未顯驚慌，神態平靜從容，不像十八小時前才剛殺過人，也看不出他被案件折磨、憂懼可能有事找上門的半點跡象，臉上所見就是每天循規蹈矩生活的表情。他向檢票員點頭致意，向右朝自家方向走去，手中拿著一份摺起的晚報，通過出口時隨意地拍打了下柵欄。

維克多保持一段距離跟蹤著，隨後加快了腳步，與他同時到家。在五樓樓梯平台上，男爵正掏出鑰匙時，維克多上前問道：「您是杜特雷男爵，沒錯吧？」

「嗯，有何指教嗎？」

「想和您談一會兒，我是刑事處風化組的維克多警探。」

男爵顯然嚇了一跳，有些措手不及。他竭力讓自己鎮靜下來，頷骨緊張地收縮著。

他很快平靜下來，先前的緊張，說是老實人對警察突然造訪的自然反應亦不爲過。

杜特雷夫人正在餐廳窗邊做針線活兒，一看到維克多，她立即站起身來。

男爵親吻一下妻子，對她說：「妳去吧，讓我和這位先生單獨談談，嘉蓓蕾。」

維克多說：「今天早上我有幸拜會過夫人了，夫人在場，對我們的談話更有利。」

「喔！」男爵只簡單地應了一聲，並不怎麼驚訝。

接著他指了一下報紙說：「警探先生，我在報上看到了您的名字和您進行的調查。我猜想您是把我列入六點鐘那班火車的通勤客來詢問吧？我可以馬上告訴您，我早已不記得週一傍晚和誰坐在一起，也沒注意到任何可疑的舉動，更沒看到什麼黃色信封。」

杜特雷夫人惱怒地插話道：「警探先生的要求可不止這些，馬克西姆。他想知道昨晚歌爾詩發生凶殺案時，你人在哪裡。」

男爵驚跳了起來。「這是什麼意思？」

維克多掏出那頂灰色鴨舌帽，說：「這是凶手作案當時戴的帽子，之後把它扔到了隔壁院子裡，今天早上杜特雷夫人指認出這帽子是您的。」

杜特雷糾正說：「應該說這帽子曾經是我的。它放在客廳壁櫥裡，對吧，嘉蓓蕾？」他向妻子問道。

「是的，大約兩星期前，我把它收起來的。」

「一星期前我把它和一條遭蟲蛀的長圍巾扔入垃圾桶，有可能被哪個流浪漢撿了去。還有別的問題嗎，警探先生？」

「星期二和星期三晚上，就在您外出散步的同時段，有人目擊到戴這頂帽子的一名男子在『簡陋小屋』周圍遊蕩。」

「我頭疼，所以出去散散步，但去的不是這邊。」

「那麼是去哪裡？」

「往聖克盧方向的大道上。」

「您有碰到什麼人嗎？」

「有可能，不過我沒特別留意。」

「昨天晚上，星期四，您幾點回到家？」

「十一點鐘。我在巴黎用完晚餐才回來，我妻子已經就寢了。」

「夫人說，你們交談了幾句話？」

「是這樣嗎，嘉蓓蕾？我不記得了。」

「是的，怎麼沒有。」她走近丈夫，「你想想呀……說你吻了我又沒什麼好害羞的……不過，你別再回答這位先生的問題了，他的問題簡直愚蠢到不可思議的地步。」

她的表情瞬間嚴厲起來，有酒糟鼻的豐腴臉頰變得更紅了。

「嘉蓓蕾，警探先生是在執行公務，我沒有理由不配合。」男爵回應說：「我需要告訴您今天早上我離開的準確時間嗎，警探先生？大概是六點鐘。」

「您坐火車離開的嗎？」

「是的。」

「但沒有哪個車站職員看到過您。」

「我到達時火車剛開走，碰到這種情況，我通常會到離此二十五分鐘路程的賽弗爾搭車。我持有的票卡能讓我這樣搭車。」

「那裡的人認識您嗎？」

「沒有這邊人熟悉，而且來往乘客比這裡要多許多。我所在車廂裡當時只有我一個人。」

他的回答乾脆迅速、毫不猶豫，且語氣肯定，合乎邏輯地爲自己辯護，很難讓人質疑他說的不是事實。

「先生，明天您方便和我一同去趟巴黎嗎？我們去見昨晚與您共進晚餐的人，還有今天與您見面的人。」維克多說。

他話剛說完，嘉蓓蕾・杜特雷就起身站到他身邊，滿臉憤怒樣。維克多突然想起紀堯姆先生挨的那一拳，差點忍不住發笑，因爲男爵夫人看上去實在滑稽。她拚命控制自己，單臂抱住了牆上掛著的一幅聖像，開口說：「我以我永世的救贖發誓……」

但是在涉及如此悲慘的事件時，男爵夫人自己也覺得賭誓這想法不大合時宜。她在胸前劃了個十字，咕噥了幾句，溫柔且帶同情地吻了一下丈夫之後，便離開了。

兩個男人面對面站著，男爵一言不發，這時維克多吃驚地發現對方平和鎮定的美好面容並非自然，而是由於在兩頰上塗了紅粉，女性們慣用的略帶紫色那種。維克多隨即發現男爵帶著黑眼圈的疲憊雙眼和下垂的嘴角。多麼突然的變化啊！而這變化正隨著每一秒鐘的推移而更加明顯。

「您走錯路了，警探先生。」他嚴肅地說：「您沒有根據的調查侵犯了我的私領域，逼使我得痛苦地向您坦白一件事。除了我摯愛並尊敬的妻子外，幾個月以來，我在巴黎還與另一位女性發生了關係。昨晚我就是跟這女人一塊用餐的，她開車送我到聖拉薩車站。今天早上七點鐘起，我也是和她在一起。」

「明天我們去她那兒，」維克多命令道：「我會開車來接您。」

男爵猶豫了一下，最後答應道：「好吧！」

這次談話後，維克多仍無法下任何定論，感性和理性的想法交替出現於其腦海，但沒有一種想法符合無可爭論的事實。

這天晚上，他讓聖克盧的一名警察監視男爵的寓所直至午夜。

沒有發生任何可疑的狀況。

譯註：

①女神歌舞廳（Folies Bergères）是巴黎一家咖啡館式音樂廳（Cabaret），位於第九區，在一八九〇年代至一九二〇年代達到其鼎盛時期，與黑貓夜總會（Le Chat noir）齊名。於一八六九年以「Folies Trévise」之名開張，三年後改為現名，其演出以華麗服裝、堂皇排場及異域風情著名，時有裸體表演。

chapter 3

男爵的情婦

1

從歌爾詩到巴黎的二十分鐘車程中，兩人都沉默不語。也許正是男爵的這種沉默和順從，更加堅定了維克多對他的懷疑。維克多自從昨天看出男爵有上妝以後，對他的平靜便不再感到驚訝。維克多觀察了一下男爵：臉上的紅粉已經消失，但他凹陷的兩頰、蠟黃的臉色顯示出他整夜未眠，心情狂躁。

「哪條街？」維克多問。

「沃吉哈爾街，靠近盧森堡大道。」

「她叫什麼？」

「艾麗絲・馬松，她曾做過女神歌舞廳的伴舞女郎。我包養了她，她也非常感激我爲她所做的一切。她患有肺病。」

「您爲她花了不少錢吧？」

「不是很多，她生性相當簡樸。只不過我工作比以前少了。」

「所以您連房租都付不起了。」

他們沒再說話。維克多想著男爵的情婦，心中充滿了強烈的好奇心。她會是電影院那位美女嗎？會是「簡陋小屋」的女凶嫌嗎？

沃吉哈爾狹窄的街道上座落著一幢龐大老舊的樓房，裡面有許多小公寓。在四樓向左拐的地方，男爵敲了敲門，又按了門鈴。

一個年輕女人迅速開了門，伸出雙臂迎接。維克多發現她並不是自己見過的那名女子。

「你終於來了！」她說：「怎麼，你不是一個人？這是你的朋友？」

「不是，」他回答：「這位先生是警察。我偶然被牽連到一起國防債券失竊案中，他們現在在瞭解情況。」

年輕女子把兩人帶進自己的房間，維克多這時才看清這個女人。她面帶病色，一雙大大的藍眼睛，一頭凌亂的棕色鬈髮，兩腮塗著紅粉，正是他前一天在男爵臉上看到的那種。她身穿一件睡袍，脖子上隨意地繫著一條橙色帶綠格的寬圍巾。

「純粹是例行公事，小姐。」維克多說：「有幾個問題想問問您。前天，也就是星期四，您見過杜特雷先生嗎？」

「前天？讓我想想……啊！是的，他在這兒吃了午餐和晚餐，晚上我送他去車站。」

「昨天呢，也就是星期五？」

「昨天早上他七點鐘就來了，我們在房間裡一直窩到下午四點鐘。之後我送他出門，我們就像平時散步一樣，悠哉地走著。」

從她說話的方式，維克多可以確認這些說法都是事先準備好的。不過，說實話的語氣難道不能和撒謊的語氣一樣嗎？

他環視了一下房間，裡面只有一間簡陋的盥洗室、一間廚房以及一座壁櫥。他撥開壁櫥裡的裙子時，乍然發現裡頭有一只旅行包和一個裝得鼓鼓的帆布手提箱。

維克多猛地轉過身，捕捉到年輕女子和她情夫間的眼神交流。於是，他打開了箱子。箱子一側放著女性內衣、一雙高統皮靴和兩條裙子；另一側邊放著一件男用外套和幾件襯衫，旅行包裡則有一件睡衣、拖鞋和盥洗用品。

「你們打算出遠門嗎？」維克多起身問。

男爵走近他，用不妥協的眼光打量著他，低聲咕噥說：「誰允許您這樣胡亂搜查的？您這麼做不就是搜查嗎？以什麼名義？您的搜索令呢？」

維克多看到了面前這個人的憤怒和他眼中的凶光，察覺危險逼近。

維克多握緊口袋中的手槍，對面前的敵手說：「昨天有人在巴黎北站附近看到您和您的情人帶著兩件行李……」

「一派胡言！」男爵叫道，「一派胡言，我根本沒去搭火車，我現在不是好端端在這裡嗎？倒不如直截了當說……你們指控我什麼？竊取黃色信封？甚至是……」

他壓低聲音說：「甚至是謀殺萊斯科老頭？是這樣嗎，嗯？」

房間裡驟時響起刺耳尖叫聲。艾麗絲・馬松臉色發白，喘著氣，含糊不清地說：「你說什麼？他指控你殺人？殺了歌爾詩那個人？」

男爵卻笑了起來，說：「天啊，這怎能相信呢！警探先生，這種事可不能開玩笑……見鬼，您已經詢問過我妻子了……」

他恢復自制，漸漸冷靜下來。維克多鬆開槍柄，走到門邊那塊區域。而杜特雷繼續諷刺地說：「啊！這是我頭一次看到警察行動。但是，見鬼，你們總犯這種愚蠢的錯誤！警探先生，這些箱子幾個星期以前就準備好了。我們一直夢想來趟南方之旅，但都沒能成行。」

年輕女人聽著，藍色的大眼睛發直，低聲說：「他竟敢指控你是凶手！」

此時，維克多忽然間有了一套清晰的計畫：首先把這兩個情人分開，然後把男爵帶到警局，並向上級請求立即搜查這裡。維克多本人並不喜歡這項行動，但又必須這樣做。如果國防債券藏在這裡，絕對不能讓它再一次被摸走。

「妳在這裡等我。」維克多對年輕女人說。「至於您，先生……」

維克多威嚴十足地指著門口，男爵乖乖地走在前頭，下了樓，坐到敞篷車的後座上。

在街角處，一名警察正在指揮交通。維克多向他作了自我介紹，並請他看著汽車和車裡的人。然後他走進大樓底層的酒館，因爲酒館裡間有電話。他要打去警察總局，等了很久才接通刑事處。

「啊！是你嗎，勒菲布？我是風化組的維克多。我說，勒菲布，你們能不能盡快向沃吉哈爾街和盧森堡大道這邊派兩個人過來？喂！大點聲，我的老夥伴……你說什麼？你在聖克盧時有打電話給我？但我不在聖克盧……什麼？想和我談談？誰？處長？我正要去……但你先派兩個人過來……馬上，好嗎？啊！還有，勒菲布。到司法身分鑑定處查查有沒有一位艾麗絲・馬松小姐的資料，她曾在女神歌舞廳當過伴舞……艾麗絲・馬松……」

十五分鐘後，兩名警員騎車前來。維克多明確指示兩名警員別讓艾麗絲・馬松從四樓跑掉，他自己則帶著杜特雷男爵去警局，把他交給了同僚。

2

處長戈蒂耶先生精明而機敏，憨厚老實的外表之下隱藏著敏銳的判斷力。他在辦公室裡等著維克多，旁邊還有一位矮胖男士。這位先生雖然上了年紀，身體看起來卻很結實，脖子也十分粗壯。

這位是維克多的頂頭上司，莫萊翁警長。

「到底怎麼回事，維克多？」處長大聲說道：「我千叮嚀萬囑咐你一定要和我們保持聯繫，你倒好，兩天來音信全無。聖克盧警局，我的警探，還有你，都各玩各的，彼此間半點聯繫都沒有，更別說統一的計畫啦！」

「也就是說，」維克多平靜地說：「國防債券和『簡陋小屋』的案子沒有按照您的意願進展，是嗎，處長？」

「那按照你的意願呢，維克多？」

「我是沒什麼不滿意的，不過我得承認，處長，我對這樁案件熱情並不高。案子本身挺有意思，可卻激不起我的衝勁。從頭到尾線索太支離破碎了，全是些三流人物，行動雜亂無章，淨做些蠢事，沒什麼正經的對手。」

「這樣的話，」處長插話道：「你就把案子轉給別人辦吧！莫萊翁雖不認識亞森・羅蘋，但過去與此人交過手，已習慣跟他打交道，是再好不過的人選……」

維克多向處長走去，顯得局促不安。

「您說什麼，處長？亞森・羅蘋？您確定？……您有證據證明他與此案有關？」

「證據明顯得很，你不是知道亞森・羅蘋在史特拉斯堡被人發現，還差點就捕嗎？交給銀行保管的那個黃色信封被銀行經理粗心大意鎖在抽屜裡。在這之前，它的主人，史特拉斯堡的一個企業家把它鎖在保險櫃裡。現在我們瞭解到這位企業家將信封存入銀行的第二天，他的保險櫃就被撬了。是誰做的好事呢？我們截獲的一封信中有幾段文字透露內情：正是亞森・羅蘋下的手。」

「信眞是亞森・羅蘋寫的？」

「沒錯。」

「寫給誰的？」

「寫給一個像是他情婦的女人。信中他對她說：『我有充分理由相信，我沒得手的債券，已被銀行裡一個叫阿逢斯・歐迪格朗的職員偷走了。如果妳有興趣，找找他在巴黎的行蹤吧，我星期日晚上就會到巴黎。另外，這件事不大吸引我了，我現在只想另外一件事……一千萬法郎那件事。這才值得我們去費心思，一切進展非常順利……』」

「信上沒有簽名吧？」

「有啊，瞧，亞森・羅蘋。」戈蒂耶先生又接著問說：「星期天，就是你去巴爾達薩影院的那一天，阿逢斯・歐迪格朗和他情婦也在場？」

「還有另外一個女人，處長。」維克多大聲說：「一個美人，可能是在監視歐迪格朗……也就是那天夜裡萊斯科老頭被殺後逃跑的那個女人。」

維克多在房間裡踱著步，他一向頗有自制力，此時卻令人驚訝地流露出明顯的煩躁情緒。

「處長，」他最後說：「只要此案跟這個該死的羅蘋扯上關係，我就要徹底查個水落石出。」

「你一副恨他恨得要命的樣子。」

「我？我可沒見過本尊……我根本不認識他，他也不認識我。」

「那？」

維克多下頷緊閉，說：「那並不妨礙我們倆之間要清算的那筆帳，一筆重要的帳。不過還是來談談眼前的事吧！」

維克多立刻詳述了自己當天早上和前一天所做的事，包括他在歌爾詩進行的調查，與杜特雷夫婦、紀堯姆夫婦以及艾麗絲・馬松小姐的談話。他拿出剛從身分鑑定處取來的艾麗絲資料。

資料上載明：「……孤兒，父親酗酒，母親患肺結核。因多次盜竊同事財物之故而遭女神歌舞廳開除，種種跡象顯示她替一個國際犯罪集團當眼線，患有二期肺結核。」

一陣靜默之後，戈蒂耶先生的態度展現出他對維克多取得的成果非常滿意。

「你認爲呢，莫萊翁？」

「做得很好。」警長答道，當然，他說這話時是有所保留的。「做得不錯，但還需要進一步調查。如果你同意的話，我想個別偵訊一下男爵。」

「你自己審問吧！」維克多以習慣的放肆態度說：「我在車上等你。」

「我們今晚在這裡會合。」處長總結說：「這樣可以向巴黎檢察院預審庭提供重要的線索。」

一小時後，莫萊翁警長把男爵帶到維克多車前，對維克多說：「拿這傢伙沒辦法。」

「我們去艾麗絲・馬松家吧?」維克多建議道。

警長反對說:「她被監視著呢!搜查馬上就開始了,甚至在我們到之前就開始了。我認爲我們有更要緊的事去做。」

「什麼事?」

「弄清楚凶案發生時,歌爾詩地方議員、杜特雷的房東古斯塔夫・紀堯姆在做什麼?他妻子也想知道答案。我想問問他的朋友菲利克斯・德瓦爾。德瓦爾是聖克盧的一名房地產商和房屋仲介,我剛拿到他的地址。」

維克多聳聳肩,坐定在駕駛座,莫萊翁警長坐他旁邊,杜特雷和另一名警探則坐在後面。

到了聖克盧,維克多和莫萊翁來到了菲利克斯・德瓦爾的辦公室。德瓦爾身材高大健壯,頭髮棕紅,鬍子修得乾淨俐落,一開口便笑了起來:「啊!這件事,誰在策劃算計我的朋友紀堯姆呢?從今天早上開始,又是他老婆的電話,又是兩名記者來訪。」

「他們來這兒打聽什麼?」

「問前天晚上,也就是週四那晚紀堯姆是什麼時候回去的。」

「您回答他們了?」

「當然是實話實說了!他把我送到家門口時剛好是十點半。」

「但他妻子說他是半夜才回去的。」

「沒錯，我知道。她像一個打翻醋罈子的小媳婦，歇斯底里地亂嚷：『晚上十點半以後你做了什麼？到哪裡去了？』這下可好了，不僅司法部門找上門，還招來了一幫記者。誰教凶案就發生在那段時間，可憐的古斯塔夫便成了嫌疑犯！」他開懷大笑，又說：「古斯塔夫是強盜、殺人犯？古斯塔夫，他可是連一隻蒼蠅都不會拍死的！」

「您的朋友當時該不會喝醉了吧？」

「有點，他喝酒太容易喝醉了，甚至還想帶我到離這裡五百公尺遠的『十字路口』酒館。真有他的，古斯塔夫！」

維克多和莫萊翁隨即前往這家酒館。酒館的人告訴他們，前天，常客紀堯姆先生確實在十點半過後沒多久時，來店裡喝了杯茴香酒。

這麼一來，一道關鍵問題浮現了：古斯塔夫．紀堯姆十點半過後到午夜之間，究竟做了什麼？他們把男爵送到家門口，安排那名隨行警探負責監視。莫萊翁警長又讓維克多開車到紀堯姆的別墅。

紀堯姆夫婦倆都不在家。

「應該是去吃午餐吧，」莫萊翁說：「時候也不早了。」

在動感咖啡館用餐時，兩人沒怎麼說話。維克多以沉默和慍色表現出自己覺得警長的擔憂是多麼幼稚。

「說到底！」莫萊翁大聲說：「你不認爲這個人的行爲有點詭異嗎？」

「哪個人？」

「古斯塔夫・紀堯姆。」

「紀堯姆？對我來說他是次要的。」

「眞見鬼，你到底有什麼打算？」

「直接去問艾麗絲・馬松那邊。」

「可是我認爲，」莫萊翁馬上激動起來，固執地說：「應該去見杜特雷夫人。走吧！」

「好吧。」維克多高聳著肩膀，勉勉強強同意了。

那名隨行警探正在人行道上監視著房子，他們上了樓。莫萊翁按下門鈴，有人來開門。他們正要進門之時，聽到下面有人出聲呼喚，一名警察迅速爬上樓。他就是維克多吩咐監視沃吉哈爾街上艾麗絲・馬松住處的兩名騎車警員其中一位。

「怎麼啦？」維克多問。

「她被殺了……可能是被勒死的。」

「你說，艾麗絲・馬松死了？」

「是的。」

3

莫萊翁是個容易衝動的人，他一意識到沒照著維克多的意思，從艾麗絲・馬松這條線開始調查是錯誤的，頃刻間怒氣沖天。偏偏他又不知該指責誰，便在杜特雷夫婦房間裡雷霆大發，想激起對方的反應，從中獲取些信息。

「她被殺了！事情居然變成這樣！爲什麼不提醒我們這個可憐女子有性命之憂？她被人殺害，因爲你把債券交給了她，杜特雷……而且此事被人知道了。到底是誰？你現在準備協助我們了吧？」

維克多想插話，但莫萊翁仍固執己見說：「什麼？要我說話謹慎點？我沒這習慣。杜特雷的情婦被殺了！我要問他是否能提供線索，而且是馬上就這樣做！現在！」

可惜這些話未能激起杜特雷先生的反應，他傻傻地楞站在那裡，兩隻眼睛圓瞪著，彷彿正試圖理解剛才的這番話。反倒是他妻子嘉蓓蕾站了起來，渾身僵硬地盯著丈夫，等待他反駁。她震驚得差點摔倒，幸虧扶著身旁的家具。莫萊翁話一停，她就結結巴巴地說：「你有一個情婦……你！你！馬克西姆！一個情婦，這麼說，你每次去巴黎……」

她低聲重複著，酒糟鼻的面龐頓時變成灰色。「一個情婦！一個情婦！這怎麼可能！你居然養了個情婦！……」

最後，他仍是用那種呻吟般的聲音回應了。

「原諒我，嘉蓓蕾……這件事發生了，我自己都不知道是怎麼發生的……她現在又死了……」

她劃了個十字。「她死了……」

「妳聽到了，這兩天發生的事太可怕了，我滿頭霧水……簡直是一場噩夢……爲什麼要如此折磨我？爲什麼這些人想抓我？」

她顫抖了一下。「抓你……你瘋了……抓你，你！」

她突然陷入絕望，跪倒在地上，雙手合十伸向警長哀求道：「不，不……您沒有這個權力……我，我向您發誓，他是無辜的。什麼？他殺了萊斯科老頭？但他當時在我身邊呀……我以我的救贖發誓……他吻了我……然後……然後……我就在他懷裡睡著了……對，在他懷裡……您想怎麼樣？不，不是嗎？這不是太恐怖了嗎？」

她結結巴巴地連說了幾句，然後聲嘶力竭，話語不清，最後昏了過去。

她所表現出的這一切，被背叛的悲傷，她的恐懼、祈求、昏厥，這一切都是那麼自然又那麼眞誠，絕無可能在演戲。

杜特雷男爵哭了起來，沒顧得上去照料他的妻子。過了一會兒，她醒轉過來，也跟著啜泣。

莫萊翁拉住維克多的胳膊，把他拉到外面。門廳裡，年老的女僕安娜在偷聽。警長對安娜說：

「妳告訴他們今晚之前不要出門……不，明天之前都不要出門。而且，下面有人站崗，會阻攔他們的。」

在車裡，莫萊翁用疲憊口氣問說：「她在撒謊嗎？誰知道呢！我可見過很會演戲的女人！你認為呢？」

維克多沒作回應，他把車開得很快，莫萊翁本想讓他慢下來，但又不敢，怕維克多反而會開得更快，可見他們彼此都十分惱火。這兩位同事被刑事處處長安排在一起工作，卻不能和睦相處。直到他們穿過沃吉哈爾街角聚集的人群，進入馬松小姐的房子時，莫萊翁仍然怒氣沖沖，相反的，維克多卻鎮定自若。

以下是人們向維克多彙報的情況，和他自己記下來的信息：

下午一點鐘，來搜查的警察按響了四樓平台的門鈴，卻沒人應門。他們從街上值勤的騎車警察那裡得知艾麗絲・馬松小姐沒有離開過住所，於是叫來最近的鎖匠。門打開後，他們一進門就看到艾麗絲躺在臥室的沙發床上，仰著臉，臉色蒼白，手臂僵硬，兩隻手腕由於劇烈反抗而扭曲。沒有血跡，沒有任何凶器，家具和物品上也不見任何打鬥痕跡，但艾麗絲臉部浮腫、滿佈黑色的淤血斑痕。

「這些斑痕顯示，」法醫說：「她是被人用繩子或毛巾勒死的……也有可能是用圍巾。」

突然間，維克多注意到被害者的橙色綠格圍巾不見了。他詢問別人，結果沒人看見過。

奇怪的是，抽屜和鏡面衣櫥都沒被動過。維克多找到了旅行包和行李箱，原封未動，和早上他離開時一模一樣。這說明凶手無意圖尋找債券，或是他本來就知道債券並不在房子裡。

門房太太被盤問時，回答說自己房間的方位不好，看不到所有進出的人，再說公寓又多，來來往往的人不少。總之，她沒注意到什麼異樣情況，無法提供任何有用的信息。

莫萊翁把維克多拉到一邊，告訴他中午快十二點的時候，六樓某名房客在三樓和四樓之間的樓梯上遇到一個女人正匆匆忙忙下樓，而那時四樓的一扇門好像剛剛被關上。那個女人衣著簡樸，像是個中產階級小市民。他沒看見她的臉，對方似乎刻意遮掩不讓人瞧見。

莫萊翁接著說：「根據法醫的鑑定，死亡時間大概是中午，但由於死者身體不好，所以確切時間可能會有兩三個小時的誤差。另外，初步的檢查結果表明，凶手摸過的東西上均未留下指紋，可見凶手十分謹慎，戴了手套。」

維克多在角落坐了下來，聚精會神地看著現場。一名警察正有條有理地搜著房間，他拿起每一件小玩意兒，仔細檢查四壁，抖動窗簾。他打開一個早就不用了的草編舊菸盒，從裡頭倒出十幾張拍得很差的發白照片。

維克多拿過這些照片，自己檢查。照片拍得相當業餘，像是朋友聚會時的餘興作品，照片上有艾麗絲・馬松的夥伴：伴舞女郎、時裝店店員、商店職員……但是在菸盒底的紗紙底下，維克多又發現了一張被對摺起來的照片，儘管和其他照片是同一類的，但是照得更清楚些。他幾乎可以確認照片上的人就是巴爾達薩影院和「簡陋小屋」的那名神祕女子。

維克多悄悄地把照片放進了自己的口袋裡，一聲也沒吭。

chapter 4

逮捕

1

刑事處長召開的會議在預審法官瓦黎杜先生的辦公室進行。瓦黎杜先生剛從「簡陋小屋」回來，他在那裡開始了自己的調查和取證工作。

會議開得亂七八糟的。國防債券案已引發兩起凶殺案，公眾爲之震驚，報界也在不停炒作。在此基礎上，亞森．羅蘋的名字漸漸浮現在各種互相矛盾的事件、難以成立的假設、沒有根據的指控，以及聳人聽聞的無稽之談所形成的亂網之中。所有這一切都發生在短短一週時間內，而每一天案情都會發生戲劇性的變化。

聽完莫萊翁警長的彙報，警察總局局長強調說：「要馬上採取行動，從現在起只許成功！」

局長親自聽取莫萊翁的報告，話才剛說完，他就被一通緊急電話叫了出去。

「馬上行動？」平靜而優柔寡斷的瓦黎杜先生低聲咕噥道。他一向主張根據案情的變化見機行事。「『馬上行動』，說得倒輕巧，可要怎麼行動呢？怎樣才能手到擒來？我們一去捕捉事實，事實便隨之煙消雲散，一切確定因素也跟著全部消失，論據互相矛盾，單獨看都頗有邏輯，放在一起卻是如此不堪一擊！」

首先是缺乏確鑿證據，無以表明國防債券失竊案與萊斯科老頭謀殺案存有必然關聯。阿逢斯・歐迪格朗和打字員艾妮絲蒂娜並不否認他們在案中所扮演的轉手角色；不過莎桑太太堅稱自己是無辜的，儘管她和萊斯科老頭的曖昧關係幾可確定，但黃色信封的線索到這裡就斷了。如此一來，即使杜特雷男爵嫌疑加重，他的犯罪動機仍舊無法釐清。

萊斯科老頭和艾麗絲・馬松的凶殺案之間到底有何關聯？

「總之，」莫萊翁警長說：「所有這些事情都是由於維克多警探的衝動才牽扯在一起，上週日他從巴爾達薩影院查起，今天追蹤到艾麗絲・馬松的命案。到頭來，根本是他把自己對案情的理解硬灌輸給我們。」

維克多警探不禁聳了聳肩，這種祕密會談讓他感到很厭煩。他固執地一言不發，直至討論不歡而散。

星期天，他把老警察拉爾莫那叫到家裡。有些警察退休以後不願離開警局，局裡考慮到他們的忠誠和所做出的貢獻，就繼續聘僱。老拉爾莫那敬佩維克多，對他非常忠心，隨時準備完成維克多交給他的艱巨任務。

維克多對他說：「盡可能詳細地打聽艾麗絲．馬松的生活狀況，看她是否有別的男朋友，或者說，除了馬克西姆．杜特雷以外，還有沒有什麼更親密的關係對象。」

星期一，維克多去了歌爾詩。那天早晨，檢察院對艾麗絲．馬松的公寓進行了調查，下午則根據他的情報，去「簡陋小屋」模擬案件發生經過。

被傳喚時，杜特雷男爵顯得十分鎮定，但他強烈爲自己辯護，令人印象深刻。可是，似乎可以確定的一點是，案發的第二天有人看見他坐計程車出現在巴黎北站附近。從他情人家裡搜出的兩件備妥行李，還有那頂灰色鴨舌帽，在在證明他的嫌疑最大。

檢察官想同時審問夫婦兩人，於是便傳喚男爵夫人。她一進「簡陋小屋」，就驚嚇到在座人士。她一隻眼睛腫了，一邊臉蛋被抓破，下巴歪了，背也彎了。扶著她的老女僕安娜搶先指著男爵嚷道：「是他下的毒手，法官先生，今天早上他把她打成這個樣子。要不是我把他們拉開，他會把她打死的。他是個瘋子，法官先生，一個惱羞成怒的瘋子……他一聲不吭地使勁打她。」

馬克西姆．杜特雷無意爲自己辯解。男爵夫人筋疲力竭地說她不明白到底是怎麼回事，他們正好好地說著話，她丈夫突然撲到她身上動粗起來。

「他太不幸了！」她接著說：「最近發生的事讓他失去了理智……他從沒打過我……不應該爲

這件事怪罪他。」

她拉著他的手，深情地凝視丈夫，而他哭得兩眼通紅，失了魂的樣子，彷彿老了十歲。

維克多向男爵夫人提出一個問題：「您仍然肯定星期四晚上您丈夫是在十一點鐘返家嗎？」

「是的。」

「您確定躺下後他親吻了您？」

「是的。」

「好。您肯定半小時或一小時後他沒有下床嗎？」

「肯定。」

「您憑什麼如此肯定？」

「如果他離開了，我會感覺到的，因爲我睡在他懷裡。而且……」

她習慣性地臉紅起來，低聲道：「一小時後，我在半睡半醒之中對他說：『你知道嗎，今天是我的生日。』」

「然後呢？」

「然後他又吻起我來。」

她的矜持和靦腆令人心生感動。不過又回到了這個老問題：她會不會是在演戲呢？雖然看在他人眼裡是如此眞誠，但我們難道就不能揣測她是爲了營救丈夫，才試圖用這種語氣來說服人的嗎？

檢察官們個個猶豫不決。一直待在局裡的莫萊翁警長突然現身，頓使事情有了轉機。他把大家叫到「簡陋小屋」的小花園裡，激動地說：「有新線索了……有兩件重要事項……三件……首先，維克多警探在二樓窗邊看見的那名女同謀使用的鐵梯，今天早上在拉塞勒・聖克盧種馬場到布吉瓦爾這區間海濱附近一棟廢棄房宅裡找到。那名女逃犯，或者說那兩名逃犯，從牆上把梯子扔進去。我派人到梯子製造商那裡瞭解情況，他說梯子賣給了一個女人，有可能就是案發時出現在沃吉哈爾街艾麗絲・馬松住處的那名女子。這是第一點。」

莫萊翁喘了口氣，接著說：「第二點，我在局裡接到一名司機的舉報。星期五下午，就是萊斯科遇害的第二天，他把車停在盧森堡公園，這時一個提帆布旅行箱的先生和一個拿旅行包的女人上了他的車，說要去巴黎北站。他們到得太早了，在車上足足等了一個小時，隨後轉往露天咖啡館。司機看到他們從一名流動商販手裡買了份晚報。最後，那個男人又把那名女士帶回到司機面前，女士讓司機把她一個人送返盧森堡公園。下車後，女人便拎著兩件行李朝沃吉哈爾街走去。」

「兩人體貌特徵如何？」

「與男爵和他情婦的特徵相符。」

「時間是幾點鐘？」

「五點半。因此我不明白的是，杜特雷先生爲何改變主意打消了逃往國外的念頭，打發情婦回家，自己則坐計程車去趕六點的火車到歌爾詩，然後裝出一副誠實模樣，決心面對一切。當然，我們會找到那輛計程車的。」

「第三點呢？」預審法官追問。

「有通匿名來電舉報古斯塔夫・紀堯姆議員。大家都知道，我一直相當重視維克多警探忽視的這條線索。打電話舉報的人說，如果我們進行嚴密調查，就能查出古斯塔夫・紀堯姆議員在離開『十字路口』酒館後做了什麼，尤其要搜查他書房的書桌。」

莫萊翁講完了。檢察院派他和維克多警探一起去議員家調查，維克多極不情願地跟著前去。

2

紀堯姆夫婦正在書房裡。當紀堯姆認出了維克多並聽完莫萊翁的自我介紹後，便把雙臂交叉在胸前，用半風趣、半憤慨的語氣嚷道：「啊！不！玩笑還沒開夠嗎？都三天了，誰能受得了？報紙上到處可看到我的名字！人們見面也不再向我問好了！哼！安麗葉，這就是把家事拿出去亂講的後果！如今所有人都和我們作對。」

維克多所見過的安麗葉脾氣暴躁，這次她卻低下了頭，細聲說道：「你說得對。我告訴過你，一想到德瓦爾帶你去和別的女人鬼混，我就昏了頭。我眞傻！更傻的是還弄錯了你回家的時間，你確實是在午夜之前回來的。」

莫萊翁警長指著一張桃花心木書桌，問道：「你有這張書桌的鑰匙嗎，先生？」

「當然有。」

「請打開它。」

「沒問題。」

於是他從口袋裡掏出一串鑰匙，打開了書桌的前板，裡面有六個小抽屜。莫萊翁通通檢查了一遍，其中一個抽屜裡有一只用細繩綑著的黑布袋，布袋裡裝著一種片狀的白色物質……

莫萊翁說：「是馬錢子鹼①，你從哪裡弄到的？」

「很簡單，」紀堯姆答道：「我在索洛涅有個狩獵場，爲了滅掉寄生蟲……」

「你知不知道萊斯科先生的狗就是被人用馬錢子鹼毒死的？」

古斯塔夫·紀堯姆直爽地笑了起來，「那又怎麼樣？只有我一個人有這種藥嗎？難道我有什麼特權擁有這藥嗎？」

安麗葉沒有笑，她往常歡快的臉上充滿了恐懼。

「請打開你的書桌。」莫萊翁命令道。

紀堯姆顯得越來越不安，猶豫了一下，最後還是照辦。

莫萊翁翻看著那些紙張，瀏覽一些文件和登記簿。他看到一把白朗寧手槍，便拿起來檢查，還用刻度尺測量了槍筒。

「這是一把七響白朗寧手槍，」他說：「應該是七點六五毫米口徑的。」

「是七點六五毫米口徑沒錯。」紀堯姆肯定地回應。

「這麼說，它和那把殺了萊斯科老頭、傷了艾杜安警探的槍口徑相同。」

「那又怎樣？」紀堯姆叫道，「這槍從我五、六年前購入之後就沒用過。」

莫萊翁取下彈匣，發現裡面少了兩顆子彈。

警長強調說：「少了兩顆子彈。」

然後他又檢查了一下手槍，說：「先生，不管你怎麼說，我仍可判斷槍管內留有最近剛燒過的火藥痕跡，專家們會檢驗出來的。」

古斯塔夫・紀堯姆窘困不安了好一會兒。他思索了一下，聳聳肩說：「都是些沒來由的狀況，先生。你可能蒐集二十個對我不利的證據，但這終究改變不了事實。相反的，倘若我真有罪，不會把馬錢子鹼收進書桌，也不會把少了兩顆子彈的手槍放在書桌裡。」

「那你作何解釋呢？」

「我什麼都不用解釋。凶案發生在凌晨一點鐘，而我的園丁艾弗雷，住在離車庫僅三十步距離的地方，他剛剛還肯定地跟我確認說我是快十一點時返家的。」

他站起身，向窗外高喊：「艾弗雷！」

園丁艾弗雷是個害羞的人，他在回答問題前總要把鴨舌帽在手裡擺弄半天。

莫萊翁忍不住怒氣沖沖地命令道：「快說呀，你主人開車回來時，你聽到沒有？」

「天哪！這要看情況了，有些天……」

「但那天呢？」

「我不太肯定，我想……」

「什麼！」紀堯姆喊道，「你不肯定？……」

莫萊翁打斷了他的話，走近園丁，語氣嚴厲地說：「別拐彎抹角，作僞證對你很不利。你只需說出事實，那天晚上你聽到汽車引擎聲時是幾點鐘？」

艾弗雷又擺弄起他的鴨舌帽，呑下唾沫，吸了吸鼻子，終於用顫抖的聲音回答：「大概一點一刻左右，也或許是一點半……」

他剛說完這番話，一向平靜快活的紀堯姆就把他推到門口，然後朝他屁股踹了一腳，把人踢出了門外。

「滾！再也不要讓我看到你，晚上再找你算帳！」

之後他突然放鬆下來，走到莫萊翁面前對他說：「好極了，隨你的便。但我告訴你，別想從我口中套出一個字來……一個字都別想……你自己想辦法應付吧！……」

他妻子哭著撲進他懷裡。

他跟著莫萊翁和維克多來到「簡陋小屋」。

當天晚上，杜特雷男爵和古斯塔夫・紀堯姆被帶到刑事處，移交給預審法官處理。

就在同一天晚上，刑事處處長戈蒂耶先生碰到了維克多，問他說：「怎麼樣，維克多，有進展嗎？嗯？」

「進展得有點太快了，處長。」

「解釋給我聽。」

「啊！有什麼用呢？不是要給公眾一個滿意的答覆嗎？現在做到了。莫萊翁萬歲！打倒維克多！」他拉住上司說：「答應我，一旦找到案發第二天把男爵從巴黎北站送到聖拉薩車站的那名司機，請馬上通知我，處長。」

「你想做什麼？」

「找回國防債券……」

「好傢伙！在那之前呢？」

「在那之前，我來對付亞森・羅蘋。這樁錯綜複雜、離奇古怪、環節支離破碎的案子只有在亞森・羅蘋身分被揭穿後才能破解。在此之前，整件事就像籠罩黑幕之中，亂七八糟，一片混亂。」

3

公眾輿論確實滿意了，但「簡陋小屋」凶殺案、沃吉哈爾街命案以及債券失竊案仍然疑雲重重。第二天，一場徒勞無功的審訊過後，杜特雷和紀堯姆兩人都在監獄過了夜。對於報界和公眾來說，兩人無疑都是亞森．羅蘋一手策劃之行動中的同謀。他們和亞森．羅蘋之間有一個女人，顯然是羅蘋的情婦，她充當中間人的角色。預審庭會弄清楚每個人在案中所發揮的作用。

「不管怎樣，」維克多心想，「一切推理還是有道理的，關鍵在於找到這個羅蘋，而要找到他就必須先從他的情婦著手。這就要確定巴爾達薩影院的那位女士、『簡陋小屋』案件中出面買梯子的女人，以及艾麗絲．馬松住處樓梯上被人碰見的那個女人，是否是同一個人。」

他把照片拿給賣梯子的店員和遇見女人的房客看，結果一致：如果不是她，就是長得和她極其相似的一個人！

某天早上，維克多收到他忠實的朋友拉爾莫那發來的一封電報：「有線索了。我去沙特附近參加艾麗絲．馬松的葬禮，今晚見！」

晚上，拉爾莫那帶來了艾麗絲的一位朋友，她是唯一來參加這場寒酸葬禮的人。她叫愛曼蒂．杜特萊克，是個棕髮美少女，待人坦誠。她和艾麗絲在同一家歌舞廳工作，成爲了朋友，經常見面。艾麗絲給人的印象總是神祕兮兮，像藏著一些不可告人的曖昧關係。

維克多把所有的照片拿給她看，看到最後一張時，她立刻叫了起來：「啊！這個女人，我見過……個子高䠷，面色蒼白，一雙令人難忘的眼眸。那天我和艾麗絲約好在歌劇院旁見面，艾麗絲從一輛車下來，開車的是一位夫人……就是這位，我保證。」

「艾麗絲沒和妳提起過她嗎？」

「沒有，但是有一次，我從艾麗絲寄出去的信封上無意中瞥見這個地址：某某公主，是個俄國名字，我沒認出來，還有一家酒店名，位在協和廣場。我肯定是寄給那位夫人的。」

「是在很久以前嗎？」

「三個星期以前，之後我就再沒見過艾麗絲了，她和杜特雷男爵的關係佔了她大部分時間。後來她覺得自己生病了，想到山裡去療養。」

就在這天晚上，維克多打聽到協和廣場一家大酒店裡住著一位名叫亞莉姍卓・巴茲萊耶夫的公主，她的信函都寄到香榭麗舍大道上的劍橋酒店。

巴茲萊耶夫公主？維克多和拉爾莫那只花一天時間就查出，她是俄國一支古老大家族唯一的後裔。她的父母和兄弟都被契卡②處決了，當時人們以爲她已沒了氣息，就把她丟在那裡，她才幸而死裡逃生，越過了邊境。她的家族在歐洲置有房產，所以她生活富足，隨心所欲。她性格獨特，有點孤僻，但與幾位俄國女移民有往來。她們都叫她亞莉姍卓公主，她年方三十歲。

拉爾莫那在劍橋酒店打聽到亞莉姍卓公主很少外出，常在舞廳裡喝茶，正餐也在酒店餐廳享用，從不與任何人交談。

有天下午，維克多混到了酒店裡這群伴著音樂跳舞或閒聊的高雅人士之中。

一位面色蒼白、金髮的高個子女士從他身邊經過，在離他不遠的地方坐了下來。就是她！對，就是她，巴爾達薩影院的那位美女！是她，「簡陋小屋」窗口裡瞥到的那道倩影！是她，但是……

第一眼看去，毫無疑問是她。不可能有兩個女人予人同樣的奇特美感、同樣明亮的目光、同樣蒼白的臉色和同樣高雅的舉止。但是這如麥田般金黃且輕軟鬈曲的秀髮，卻完全未能使維克多回味他記憶中對那淡褐色髮絲產生的哀婉動人之感。

打這時起，維克多越來越不能肯定。他又看了兩次，卻都沒能像剛才第一眼看到她時那樣篤定。但另一方面，那天晚上她在歌爾詩留下的那種哀婉表情，難道不是來自於她當時所處的境況、所犯的罪行、所冒的風險，以及所承受的恐懼嗎？

維克多叫來了艾麗絲・馬松的那位朋友。

「是的，」她馬上說：「和艾麗絲在一起、開車的人就是那位夫人……是的，我想就是她……」

兩天以後，一名旅行者來到劍橋酒店。他在工作人員給他的登記單上填寫道：馬可士・阿維斯托，六十二歲，來自祕魯。

沒人認得出這位身分高貴、衣著考究、氣宇不凡的先生就是風化組的維克多警探，那個因穿著退伍軍人外衣而顯得極其僵硬，舉止風度絲毫不能吸引人的維克多。這位紳士比維克多整整大十歲，頭髮斑白，樣子和藹可親，像是充分享受生活種種恩惠和特權的貴客。

酒店安排他入住四樓的客房。

公主的房間也在這一層，隔了十幾扇門之遠。

「一切順利，」維克多心想，「但要抓緊時間。必須採取行動了，要快！」

譯註：

①一種極毒的白色晶體鹼，來自於馬錢子和相關植物，用於毒殺嚙齒類動物和其他害蟲。

②十月革命後蘇維埃俄國的國家安全保衛機構。全稱是「全俄肅清反革命及怠工非常委員會」，簡稱「全俄肅反委員會」，「契卡」是該委員會俄文縮寫的音譯。

chapter 5

巴茲萊耶夫公主

1

在這家有著五百間客房、下午和晚上總是熙來攘往的大酒店中，如馬可士・阿維斯托這樣不起眼的男子是不會被亞莉姍卓公主這樣心不在焉、若有所思的女人注意到的。

這倒使他能夠不間斷地對公主進行監視。在最初的四天裡，她沒離開過酒店。既沒有人來訪，也沒有任何來信。她若和外界有聯繫，只能透過房間裡的電話，就像維克多和他的朋友拉爾莫那聯繫一樣。

維克多最期待也等得最不耐煩的時刻就是晚餐時間。儘管他避免與公主有直接的目光接觸，但他仍然時刻注視著她，這令他著迷。可以說在他紳士的外表下，他正放肆刑事處警探對一個女人萌生不該有的激情和傾慕。一想到如此美麗的夫人竟會成爲冒險家的獵物，他就感到厭惡，還暗自抱怨道：「不，這不可能，像她這樣有地位、有品味的人，不可能是羅蘋這類害蟲的情婦。」

難道她就是「簡陋小屋」的女賊、沃吉哈爾街命案的凶手？一個萬貫家財的貴婦，長著一雙纖細白皙的手，指上戴著閃閃發光的鑽石，會爲盜取幾十萬法郎而去殺人嗎？

第四天晚上，當她在大廳一個角落吸完幾根菸要上樓去時，維克多事先坐在她要乘的電梯中。她一進來，維克多便馬上站起來，彎腰致敬，但眼睛並不看她。

第五天晚上也是一樣，就像巧合一樣。事情是如此自然，即使兩人碰面二十次，也仍舊一樣，彼此有禮貌而冷淡地打打招呼。她總是面朝出口站在電梯服務生身邊，維克多站在她身後。

第六天晚上，巧合沒有再次發生。

第七天晚上，維克多在電梯門即將關閉時出現。像往常一樣，他在電梯裡面的老位置坐了下來。到了四樓，巴茲萊耶夫公主步出電梯，朝右走向自己的房間，住在同一側但更遠一些的維克多走在她後面。

她在冷清的走道裡走了不到十步，就突然用手摸後腦勺，一下子停住腳步。

維克多走過來時，她一把抓住維克多的胳膊，用顫抖的聲音激動說道：「先生……有人偷了我的綠寶石髮夾……剛才還在頭髮上……是在電梯裡丟的，我肯定……」

維克多嚇了一跳，他語氣略帶挑釁地說：「抱歉，夫人……」

他們對視了片刻，她隨即克制住自己。

「我去找。」她邊說邊往回走，「……也許髮夾掉在地上了。」

這次是維克多拉住了她。「對不起，夫人……在您去找髮夾之前應該先弄清楚一點，您感覺到有人碰觸您的頭髮嗎？」

「是的，我當時沒在意，但過後……」

「因此這要麼是我，要麼就是電梯服務生做的了……」

「噢！不，服務生不可能……」

「那就是我了？」

她沒有說話。兩人的目光再一次交會，他們互相觀察著。

她低聲說：「肯定是我弄錯了，先生，髮夾我沒戴在頭上，我會在梳妝檯上找到的。」

他攔住她。「夫人，等我們分手就已經太晚了。您會對我心存懷疑，而這種懷疑是我無法容忍的。我強烈堅持我們一起到下面酒店辦公室去替您投訴……即使是針對我的。」

她思考了一下，然後明確地說：「不，先生，沒有這個必要。您也住在酒店裡嗎？」

「三四五號房，馬可士・阿維斯托。」

她重複著這個名字，走開了。

維克多回到自己的房間，他的朋友拉爾莫那正在等他。

「怎麼樣？」

「成功啦，」維克多說：「但她幾乎馬上就發覺了，結果我們立刻就對質起來。」

「然後呢？」

「她退讓了。」

「退讓了？」

「是的，她沒敢把自己的懷疑堅持到底。」

他從口袋裡掏出那只髮夾，放進抽屜裡。

「這正是我所期望的。」

「你所期望的？」

「當然了！」維克多大聲說：「看樣子你還沒明白我的計畫啊？」

「當然沒有……」

「這個計畫再簡單不過了，引起公主的注意，激起她的好奇心，進入她的生活圈，取得她的完全信任，然後透過她接近羅蘋。」

「這要花很長時間。」

「正因為如此我才急著下手，不過還需要些謹慎和技巧。多麼引人入勝的計謀呀！一想到打入羅蘋集團內部，逐漸靠近他，成為他的同夥和左右手，然後當他去拿他誓要得手的千萬法郎時，我就在那兒，刑事處的維克多……這個想法令我極其振奮！更何況……更何況她長得又是如此美麗，這位絕妙的公主！」

「怎麼，維克多，你還看重這些無聊的事情？」

「不，這已經告一段落了，但我的眼光還是奇準的。」他接著說：「她一旦按照我的預料做出反應，我就把髮夾還給她，這用不了多長時間啦！」

電話響了，維克多拿起話筒，「喂……是，是我，夫人。髮夾？找到了……啊！那就好，我很高興……我向您致敬，夫人。」

他掛了電話，咯咯笑了起來。「她在梳妝檯上找到了現在我抽屜中的髮夾，拉爾莫那。這表明，她肯定不敢去投訴，把事情鬧大。」

「可她知道首飾丟了呀！」

「當然。」

「而且她認爲是被人偷了？」

「是啊！」

「被你偷了？」

「是啊！」

「所以她認爲你是賊？」

「沒錯。」

「你在玩危險遊戲，維克多……」

「正相反！我越是覺得她美，就越憎恨羅蘋這個惡棍。這個壞蛋豔福倒不淺！」

2

之後的兩天，維克多沒有再見到亞莉姍卓・巴茲萊耶夫。他打聽到她一直待在自己房間裡。

第二天晚上，她又到酒店餐廳用餐。維克多佔到了一個迄今爲止離她桌子最近的位置。

維克多沒有看她，但她卻能看到維克多的側面，他神態鎮定，正專注品嚐著勃艮第葡萄酒。

餐後他們在大廳裡吸菸，仍然像兩個陌生人一樣。維克多瞥視過往的男人，試圖在其中尋找哪一位的外表、優雅和瀟灑能夠洩露其亞森・羅蘋的身分。但是沒有一個人符合他苦苦尋找的鎖定目標之要求，而且，亞莉姍卓看上去對他們全都視若無睹。

第二天的情形一模一樣。

第三天，她下樓用完餐的時候，在電梯裡與維克多相遇。

兩人沒有任何舉動，可能都認爲對方沒看到自己。

「儘管如此，公主，」維克多心想，「妳還是把我當成賊！妳明明知道自己被行竊，還肯定是被我偷了，卻對此事隻字不提。難道是因爲妳自己富足顯貴，不在乎這點損失？這並不重要。第一步已經走完了，第二步該怎麼走呢？」

兩天又過去了。這時發生了一件事，雖然維克多並未參與其中，卻有利於他的計畫。這天早晨，住在酒店二樓的一位美國女士丟了一個裝有金子和珠寶的首飾盒。

第二次出刊的晚報講述了案件，案情顯示盜賊手法十分高明，作案時異常冷靜。

公主每天晚上會拿起自己餐桌上的晚報，漫不經心地瀏覽。她掃了一眼頭版，便立即本能地把目光投向了維克多，彷彿在說：「他，就是賊！」

維克多注意到了她，輕輕地向她彎腰致敬，但不待對方回應自己這一不引人注目的舉動就轉過身。公主繼續讀起她的報紙，這次讀得更詳細……

「這下她把我歸類了，」維克多心想，「歸類到豪華旅館的大盜這一級。如果她就是我所找的那個女人，而我對這一點毫不懷疑，那麼我就應該贏得她的敬佩。我是多麼大膽呀！多麼泰然呀！別人作案後就會馬上逃跑藏匿，而我卻鎮定不動。」

他們兩人相互靠近是必然的。維克多採取了主動，坐到大廳裡她經常坐的沙發對面的一張空沙發上。

她來了，猶豫了一下，在沙發上坐了下來。

她沉默了一會，點了根香菸，吸了幾口。然後她就像那天晚上一樣，把手放到腦後，從頭髮上取下一只髮夾，拿給維克多看。

「您看，先生，我找到了。」

「眞是奇怪！」維克多從口袋中取出他偷的那只髮夾，說：「我也剛找到……」

她愣住了，她沒有想到維克多會如此回答，而這回答也表示他承認自己的盜竊行爲。一向控制全局的她遇到一位敢於應戰的敵手，這使她感到莫大的羞辱……

「簡而言之，夫人，」維克多說：「您有一對呢，您不能同時擁有兩只髮夾可眞是遺憾啊！」

「確實遺憾。」公主在菸灰缸裡捻熄香菸，起身結束了這段對話。

但是第二天，她再次與維克多在同一地點見面。她的雙臂和肩膀裸露在外，顯得不若平時那麼矜持。她的法語純正，只是偶爾會帶一點外國口音。她直截了當地對維克多說：「我在您眼裡應該是一個既古怪又複雜的人，是不是？」

「您既不古怪，也不複雜，夫人，」維克多微笑著答道：「我聽說您是來自俄國的一位公主。當前時局，尋找平衡立足點，對於一位俄國公主來說是很困難的。」

「我的命運太坎坷了，我的家庭太不幸了！尤其我們之前是那麼幸福。我喜歡所有的人，所有的人也都喜歡我……我曾經是一個充滿自信、天眞隨性、無憂無慮、討人喜歡的女孩，覺得一切都很有趣，從不畏懼任何東西，總是歡笑、歌唱……十五歲時我已訂婚，就在這一年，不幸如一陣狂風，突然降臨。我親眼看著父母慘遭殺害，看到兄弟和未婚夫慘遭折磨……而我……」

她把手放到額頭上。「我們不要談這些了……我不想回憶……我已經想不起……可我從來都沒能走出這段陰影。從表面上看，我已經沒事了，但我的內心從沒平靜過。我難道能平靜得下來嗎？不可能，我已習慣了每天惶惑不安，提心吊膽……」

「也就是說，」維克多說：「過去恐怖的回憶使得您需要強烈的情感衝擊。如果您偶然遇到了一位先生……一位與眾不同、愛出奇招的男士，他就會引發您的好奇心，這很自然。」

「這很自然？」

「喔！我的上帝，當然了！您經歷過那麼多危險，目睹過那麼多慘劇，所以當您感受到周圍瀰漫一種悲劇氣氛，當您和一個隨時可能受到威脅的人聊天時，您就會感到激動。您想從他的臉上觀察到焦慮或恐懼，卻吃驚地發現他表現得像是另外一個人，您閒地抽著菸，聲音鎮定。」

公主俯身看著維克多，貪婪地聽他講著。

「不過，夫人，可別太縱容這些人，也別把他們當成什麼好榜樣。他們充其量就是比別人大膽一些，多了點神經質，但同時也更能自控罷了，這是由於習慣和克制造成的。所以，此時此刻……」

「此時此刻？」

「不，沒什麼……」

「怎麼了？」

維克多低聲說：「您最好離我遠一點。」

「爲什麼？」公主遵從維克多的話做，悄聲問道。

「您看到左邊來回走動那個穿禮服的滑稽矮胖子了嗎？」

「他是誰？」

「一個警察。」

「啊！」她顫抖地說。

「他是莫萊翁警長，負責查辦首飾盒失竊一案，正在調查這裡的人。」

她把臂肘支在桌子上，張開手掩放在額頭，同時觀察著維克多，看他在危險狀況下作何反應。

「您趕快離開吧。」她低聲說。

「我爲什麼要離開？您不知道這些警察智商有多麼低！莫萊翁警長！就是個白癡……警察中我只害怕一個人。」

「哪一個？」

「莫萊翁的一個屬下，叫維克多，是風化組的。」

「維克多……風化組……我讀到過這個名字。」

「他和莫萊翁一起負責國防債券失竊案、『簡陋小屋』凶殺案……和可憐的艾麗絲・馬松謀殺案……」

她泰然自若地問道：「這個維克多，是怎樣的一個人？」

「比我矮，穿著緊繃的上衣就像個馬戲演員……一雙眼睛能把你從頭到腳看透，這個人十分可怕。而莫萊翁……哎呀，他正朝我們這邊看。」

確實，莫萊翁此時掃視著每一個人。他先是把目光停留在公主身上，然後又停留在維克多身上，之後向更遠處看去。

這樣巡視一回，檢查遂告結束，他離開了。

公主嘆了一口氣，她看起來筋疲力竭。

「看！他以爲自己完成了任務，沒有任何人逃過他的法眼。啊！夫人，您看到了吧，要是我在豪華大旅館偷了東西，我會乖乖不動聲色。他們怎麼可能想到在作案的地方抓我呢？」

「但是，莫萊翁？」

「也許他今天找的並不是偷珠寶盒的盜賊。」

「那找誰呢？」

「『簡陋小屋』和沃吉哈爾街凶殺案的罪犯們。他就只想著這個案子，整個警局就只想這件案子，他們已經陷在這件案子裡了。」

她喝了杯利口酒，抽了根香菸。她蒼白而美麗的臉龐重又露出鎮定神態。但維克多猜想到，在她內心深處，經歷了多麼激烈的思想漩渦，承受了多大的恐懼，而這種恐懼對她來說就像一種病態的滿足。

當她起身時，維克多第一次感覺到她彷彿悄悄地與別人交換了一下眼神。遠處坐著兩位先生，其中一位臉色發紅，外表庸俗，應該是個英國人，維克多先前在大廳裡見過他；另外一位維克多從沒見過，此人舉止優雅、從容瀟灑，完全符合維克多心目中的羅蘋形象，而他正和同伴說笑著，顯得很愉快，和善的面容時而嚴峻。

亞莉姍卓又看了他一眼，之後轉頭離開了。

五分鐘後，兩位先生也起身離去。在門廳裡，年輕的那位先生點燃了一根香菸，叫服務生拿過帽子和大衣，隨後走出酒店。

英國人朝電梯走去。

電梯下來的時候，維克多走進去對電梯服務生說：「方才上樓的那位先生叫什麼名字？他是英國人，對吧？」

「三三七號房的先生嗎？」

「是的。」

「那是比米士先生。」

「他住這裡有些時日了吧？」

「是的……大概有兩週了……」

也就是說，這位先生和巴茲萊耶夫公主同時入住酒店，而且住在同一層。此刻，他是否沒回到左邊自己的三三七號房，而是向右拐與亞莉姍卓會合了呢？

維克多悄悄地走過亞莉姍卓的房間。回到自己房間後，他把房門半開著，聚精會神聆聽動靜。聽了半天沒有結果，維克多便氣急敗壞地上床睡覺。他敢肯定英國人比米士的同伴即是亞森・羅蘋，也就是亞莉姍卓公主的情人。這無疑使他原本艱難的調查有了頗大進展，但同時，維克多不得不承認這個男人年輕而又風度翩翩，這使他異常惱火。

3

第二天下午，維克多叫來了拉爾莫那。

「你和莫萊翁一直有聯繫吧？」

「有。」

「他不知道我在哪吧？」

「不知道。」

「昨晚他來是爲了調查首飾盒失竊案嗎？」

「是呀，是酒店裡一個行李搬運工偷的。我們確信他有名同謀，老早逃掉了。我看莫萊翁正忙著另一件與珠寶盒完全無關的事，就是今天下午要去包圍亞森・羅蘋集團聚集的酒吧，羅蘋集團要談論那封信裡提到的一千萬法郎的事。」

間。」

「啊！啊！這家酒吧的地址呢？」

「有人答應過會告訴莫萊翁，他很快就會知道。」

維克多向拉爾莫那講述了酒店這邊亞莉姍卓・巴茲萊耶夫的情況，提到了英國人比米士。

「他好像每天早上都出去，到晚上才回來，你要去跟蹤他。在這之前，先去搜查一下他的房間。」

「不可能！這需要警局的指令……一張搜索令……」

「別那麼多規矩了！要是警局的人介入，一切就都白費了！羅蘋可不是杜特雷男爵和古斯塔夫・紀堯姆，只有我才能對付他這號人物。他的逮捕和送交都該由我來管，這是我的事，我說了算。」

「那麼？」

「今天是星期日，酒店服務生少，你只要小心點，便不會被發現的。如果被抓到了，你就出示你的證件。只剩下一個問題啦，就是房間鑰匙。」

拉爾莫那笑著拿出一串鑰匙，說：「這件事，包在我身上。一個出色的警察應該和盜賊一樣在行，甚至比盜賊懂得還要多。三三七號房，是不是？」

「沒錯！千萬別把東西弄亂了，不能讓英國人起疑心。」

維克多從微微開啓的門縫裡看著拉爾莫那走出去，直到無人的走廊盡頭，停下來打開門，走了進去……

半個小時過去了。

「怎麼樣？」拉爾莫那回來時，維克多問道。

拉爾莫那眨了一下眼。「你果然有洞察力。」

「有什麼發現？」

「在一疊襯衫裡，有一條圍巾，橙底上面有綠色花紋……皺巴巴的……」

維克多激動起來。

「艾麗絲・馬松的圍巾……我沒有猜錯……」

「這個英國人，」拉爾莫那接著說：「既然他和那個俄國女人是同謀，那麼沃吉哈爾街的女人就是她，或者是單獨行動，或者是和英國人一起……」

證據確鑿，還能有別的解釋嗎？還會有什麼疑點嗎？

*　*　*

晚餐前一會，維克多下樓到街上買了一份第二次出刊的晚報。

報紙的第二版上大字赫然寫著：

根據最新消息，今日下午莫萊翁警長及其手下三名警探包圍了瑪勃夫街某家酒吧。據稱，一個以英國人爲主之國際犯罪集團的幾名詐騙者，經常在此酒吧會面。他們當時圍坐一張桌子，有兩名歹徒從商店後間逃跑，一名身受重傷，其餘三名被警方抓獲。有跡象表明亞森・羅蘋可能在被捕的三人之中。因爲警察局身分鑑定處沒有亞森・羅蘋的詳細身分資料，警方正等待史特拉斯堡機動巡查隊最近見過羅蘋近貌的警探前來識別。

維克多著裝完畢，前往餐廳。亞莉姍卓・巴茲萊耶夫的桌子上擺著同樣的報紙。很晚才來的她，看上去還什麼都不知道，毫無焦慮神色。

她直到晚餐後才打開報紙，瀏覽了第一版後翻到後面。她的頭立即低了下去，身體在椅子上搖晃了一下。她全身僵直地讀下去，讀到最後幾行的時候，維克多認爲她快要昏倒了。她的異狀沒多久就結束，漫不經心地把報紙擱到一邊。在此期間她沒有看維克多，可能以爲維克多並無注意到。

在大廳裡，她沒有與維克多會合。

英國人比米士在那裡，他是不是酒店附近瑪勃夫街酒吧裡逃脫莫萊翁逮捕的兩名詐騙者之一呢？他會把亞森・羅蘋的消息告訴巴茲萊耶夫公主嗎？

維克多抱著碰運氣的心理，提前上了樓，躲在房門後觀察。

俄國公主首先出現，她在自己房門前焦急緊張地等待著。

沒多久英國人就從電梯走出來，他察視了一下走廊，然後飛快地向公主跑去。

他們說了幾句話，公主笑了起來，英國人隨即離開。

「看樣子，」維克多心想，「如果她眞是這該死羅蘋的情人的話，他八成逃脫了搜捕，而英國人剛向她確認這一點，所以她才笑了起來。」

警方隨後的聲明證實了這一推測，被逮捕的三個人裡果眞沒有亞森．羅蘋。

這三個人都是俄國人，他們承認參與了國外幾樁盜竊案，但聲稱不知道僱用他們的國際犯罪集團頭目叫什麼名字。逃脫圍捕的兩名同夥中有一個是英國人，另外一個他們也是第一次見到，這個人在開會的過程中沒說過半句話。受傷的應該就是這個人，其體貌特徵與維克多在酒店裡看過的那位跟比米士在一起的年輕人相符。

三個俄國人沒能提供更多信息，顯然他們扮演的都是次要角色。

兩天後，警方接獲一條新消息：三名俄國人其中一個曾是伴舞女郎艾麗絲．馬松的情人，且靠她接濟。

警方還尋得了艾麗絲．馬松在被害前兩天寫給這位情人的一封信。

老杜特雷正在籌劃一筆大買賣，如果成功了，他第二天就會帶我去布魯塞爾。你會去那裡與我會合，是不是，親愛的？一有機會，我們就帶著這大筆錢遠走高飛。噢，我有多麼愛你！

chapter 6 國防債券

1

瑪勃夫街圍捕行動，讓維克多備感苦惱。他並不在乎別人調查「簡陋小屋」和沃吉哈爾街謀殺案，他只關心這兩起案子與亞森・羅蘋有關聯的部分。羅蘋這號人物，除了維克多，誰也不能碰！這項戰利品只屬於風化組的維克多警探。因此，只有維克多一人能對羅蘋聯繫最緊密的手下採取行動，特別是英國人比米士和巴茲萊耶夫公主。

這些想法促使維克多緊盯著巴黎警察總局的進展，摸清楚莫萊翁的計畫。揣測在這危險時刻，亞莉姍卓和比米士兩人肯定十分謹慎，不敢出門，維克多便走到附近的停車場，啓動愛車，開到樹林裡無人角落。當他確定沒被人跟蹤後，便從車廂裡拿出自身行頭，穿上了那件緊繃的上衣，重新變回了風化組警探維克多。

莫萊翁警長熱情的接待和警惕的微笑，使維克多感覺受到了羞辱。

「怎麼樣啊，維克多，你給我們帶來了什麼新消息？沒什麼情況吧？不，不，我並不指望你帶來些什麼。你是一個沉默寡言的獨行俠。每個人都有自己的破案方法，像我呀，公開行動，大有斬獲。你認爲我在瑪勃夫街的圍捕表現如何？一舉抓獲了三個歹徒……用不了多久，他們的頭目也會落網，我以上帝之名起誓！儘管他這次逃掉了，但我們好歹知道了他集團裡的人和艾麗絲·馬松有關係。現在，艾麗絲·馬松正從墳墓裡控告杜特雷男爵，戈蒂耶先生這下高興得不得了。」

「預審法官呢？」

「瓦黎杜先生？他又重振信心啦，我們去看看他吧，他正要把艾麗絲·馬松那封令人震驚的信給杜特雷男爵看呢……你知道的，就是『老杜特雷正在籌劃一筆大買賣……』那封信。啊！我找到了多麼重要的證據！這才使案情發展朝著我們這邊哩！我們走吧，維克多……」

他們在法官辦公室裡見到了杜特雷先生和紀堯姆議員。維克多驚訝地看到，杜特雷逮捕時已顯憔悴的面容此時變得更加凹陷和蒼老，早就站不穩，只能癱坐在椅子上。

瓦黎杜先生開始了無情的進攻，一口氣唸完了艾麗絲·馬松的信。嫌疑犯露出驚駭的表情，瓦黎杜又加大了攻擊的力度。

「你很清楚這是什麼意思，對不對，杜特雷先生？我們作個總結吧，好嗎？星期一晚上，你意外得知國防債券在萊斯科老頭手裡。星期三晚上，也就是命案的前一天，你的情婦，那幾天都和你膩在一起、知悉你所有祕密的艾麗絲・馬松，卻寫信給他做強盜的俄國心上人，說：『老杜特雷正在籌劃一筆大買賣，如果成功了，他會帶我去布魯塞爾』等等。第二天就發生了凶殺案，債券被盜。星期五，有人看到你和情婦出現在巴黎北站，而第二天我們在你情婦家裡發現了準備好的行李！整件事難道還不夠清楚嗎？證據還不確鑿嗎？你就承認吧，杜特雷，爲什麼要否認事實呢？」

男爵此時彷彿要昏厥，他的臉整個走了樣。他含糊不清地說了幾句，幾乎要和盤托出……他定要親自讀那封信，說：「把信拿來……我不相信……我要親自讀……」

他讀完之後結結巴巴地說：「這個無恥的女人！她居然有個情夫……她……她！是我把她從窮困中解救出來！她竟然想和別的男人一起逃走……」

杜特雷滿腦子想的都是她的背叛和她與另一名情夫逃走的計畫。至於其他的，盜竊和殺人的罪名，不管本身嫌疑多大，他彷彿都不在乎了。

「這麼說你承認了，是不是，杜特雷？是你殺了萊斯科老頭？……」

杜特雷沒有回答，再度陷入了沉默之中，彷彿被他對這個女人病態的癡情壓得粉碎。

瓦黎杜先生轉向紀堯姆議員說：「鑑於你也參與了此案，儘管參與程度我們還不清楚……」

剛才還顯得沒受拘留影響，臉色仍舊紅潤的紀堯姆此時抗議道：「我什麼都沒參與！午夜時我在自己家裡睡覺。」

「可我又得到貴府園丁艾弗雷的最新證詞。他不僅確定你是在凌晨三點左右才回家，而且還稱你在被捕那天早晨向他許諾五千法郎，讓他說你是在午夜之前回家的。」

古斯塔夫・紀堯姆慌亂了片刻，然後大聲笑道：「好吧，是，不錯。這件事給我帶來太多麻煩，我想早點了結。」

「你承認在其他罪名之外還企圖賄賂證人？」

紀堯姆走到瓦黎杜先生跟前說：「怎麼，我也和這位卓越的杜特雷一樣，成了殺人犯？我也應該和他一樣，被重重悔恨壓倒嗎？」

他顯現出一副和善又喜悅的表情。

維克多插話道：「預審法官先生，我能問一個問題嗎？」

「請問吧。」

「我想知道，根據嫌疑犯剛才的這句話，他是否認爲杜特雷男爵是殺害萊斯科老頭的凶手？」

紀堯姆做了個手勢，準備發表自己的意見，但卻又改變了主意，只簡單地說：「這與我無關，讓警方自己想辦法偵破！」

「你一定要回答這個問題，」維克多說：「如果你不回答，就說明你有自己的觀點，因爲某些原因而不能說出來。」

紀堯姆重複道：「讓警方自己想辦法偵破！」

當天晚上，馬克西姆·杜特雷企圖在囚室裡撞牆自殺，獄方不得不給他穿上束縛衣。他大聲嚎叫：「無恥的女人！卑鄙的女人！我是爲了她才落得如此下場……啊！賤貨……」

2

「他現在應該是筋疲力竭了。」莫萊翁對維克多說：「四十八小時之內，他就會招供啦，我找到的艾麗絲·馬松信件大有幫助。」

「毫無疑問，」維克多說：「透過那三個同謀，你會找到羅蘋。」

他漫不經心地講完自己的話，看到對方沉默，又接著說：「這方面還沒進展嗎？」

儘管莫萊翁剛才聲稱自己公開行動，但是他對自己的計畫卻守口如瓶。

「無賴，」維克多心想，「他對我存有戒心。」

這以後，兩人就互相提防著，彼此擔心、嫉妒著，彷彿拿自身命運下了賭注，彼此害怕對方奪走自己的那份功勞。

他們在歌爾詩花了一整天時間與兩名嫌疑犯的妻子談話。

維克多驚奇地發現，嘉蓓蕾·杜特雷比他所想的更有膽量、更堅強。是信仰支撐著這位虔誠的教徒嗎？是警方的調查挖出她仁慈的特點嗎？她不再像以前那樣躲著不見人。她解僱了女僕，自己去購物，走路時昂起頭來，毫不顧忌丈夫莫名毒打留在她臉上的傷痕。

「他是無辜的，警長先生，」她不停地重複說：「他被那個壞女人迷了心竅，這一點我承認。但他深深愛著我……是的，是的，我確定……很深地愛……也許比以前還要深愛……」

維克多用敏銳眼睛觀察著她，長著酒糟鼻的杜特雷夫人臉上出人意料地流露出對丈夫的驕傲、安全感、依賴和純樸的溫柔等感情。儘管丈夫犯了一些小過失，他始終是她一生的伴侶。

安麗葉・紀堯姆的反應也神祕得令人不解，她奮力地反抗，瘋狂地怒吼，言辭激烈、絕望地辱罵著他們。

「古斯塔夫？他是善良和坦誠的化身，警探先生！他有著非凡的人格。我清楚地知道他那天晚上沒離開過我！是的，我顯然是出於嫉妒，才說了一些蠢話……」

這兩個女人哪一個在說謊？也許兩人都沒說謊？抑或是兩人都在說謊？維克多熱中於觀察人，也善於觀察人，他漸漸發現到一些事情已自行理順，眞相漸漸浮現出來。最後，維克多決定單獨一人去沃吉哈爾街艾麗絲・馬松的公寓，因爲莫萊翁可能會從那裡追查到亞莉姍卓和羅蘋，尤其那裡的案情最撲朔迷離。

兩名警員守著門。維克多一開門，就看到莫萊翁在翻箱倒櫃。

「啊，你來了，」莫萊翁高傲地說：「你也想到這裡可能會搜到什麼東西，是吧？啊！對了，我的一個手下說案發當天，我們倆一起到這兒來時，發現有十幾張業餘水準的照片，他記得是你檢查的。」

「他記錯了。」維克多漫不經心地回應。

「另外一件事。艾麗絲・馬松在家裡一直披著一條橙綠色圍巾，她可能是被人用這條圍巾勒死的。你沒見到過嗎？」

莫萊翁眼睛盯著維克多，維克多自如地說：「沒看到。」

「在她死前幾個小時，就是你陪男爵去她家時，她沒披著這條圍巾嗎？」

「沒看見。男爵怎麼說？」

「什麼都沒說哩。」警長咕噥道：「奇怪了。」

「有什麼奇怪的？」

「一大堆東西都很奇怪。換你說吧！」

「什麼？」

「你難道沒有找到艾麗絲・馬松的一個朋友嗎？」

「什麼朋友？」

「據說是一位名叫愛曼蒂・杜特萊克的小姐。你不認識嗎？」

「不認識。」

「我手下的一個人找到了她，她說已經被一位警官問過話，我想應該是你。」

「不是我……」

顯然，維克多的到來讓莫萊翁感到惱怒。最後，看到維克多還不走，莫萊翁說：「她隨時可能會被帶進來。」

「誰？」

「那位小姐……聽，人來了。」

維克多一副泰然自若，他爲了阻止同事介入這件案子而使用的伎倆會被識破嗎？莫萊翁會不會發現巴爾達薩影院那個女人的眞面目呢？

門開了，如果這時莫萊翁觀察的是維克多而不是進來的年輕女士，維克多的一切就都完了。但莫萊翁想到這一點時，已經太晚了。維克多向女孩使了個眼色示意她別說話，她開始有點吃驚，猶豫了一下，後來明白了。

維克多的計謀成功了，女孩的回答含糊不清。

「當然，我認識可憐的艾麗絲，但她從來都沒和我吐露過知心話。我對她並不瞭解，也不知道她與什麼人交往。一條橙綠色的圍巾？照片？我不知道。」

維克多和莫萊翁一起回警察總局，莫萊翁一聲不響地生悶氣。

到了警局，維克多用愉快的口氣說：「我要向你告別，明天我就離開了。」

「啊？」

「是的，去外省……追一條頗有意思的線索，我很有信心。」

「我忘了告訴你，」莫萊翁說：「處長想找你談話。」

「關於什麼事？」

「關於一個司機……把杜特雷從巴黎北站載到聖拉薩車站的那個司機。我們找到他啦！」

「該死！」維克多抱怨道：「你怎麼不早點告訴我……」

3

維克多疾速爬上樓梯，先讓人通報，然後進入處長的辦公室，莫萊翁緊隨其後。

「處長，那個計程車司機好像找到了？」

「怎麼，莫萊翁沒告訴你？直到今天司機才在報紙上看到杜特雷的照片，得知警方正在尋找星期五，也就是案發的第二天，把男爵從一個火車站載到另一個火車站的司機，他就來了警局。稍早已讓他和杜特雷對質，他肯定地認出了男爵。」

「瓦黎杜先生已經詢問過他，杜特雷是從巴黎北站一路坐到聖拉薩車站嗎？」

「不是。」

「他在半路下過車？」

「沒有。」

「沒有？」

「他先從巴黎北站坐到星星廣場，再從星星廣場到聖拉薩車站，白白繞了遠路，不是嗎？」

「不，不是白白繞遠路。」維克多低喃，他接著問：「司機現在在哪？」

「還在局裡。因爲你說過非要見他不可，並且在兩小時後能找到失竊的債券，所以我就沒讓他走。」

「從他來到現在，沒和任何人說過話？」

「除了瓦黎杜先生。」

「他來警局這件事沒和任何人透露吧？」

「沒有。」

「他叫什麼名字？」

「尼古拉。他開自己的車拉乘客，他只有這麼一輛車，車今天開來了，停在院子裡。」

維克多思索著，處長看著他，莫萊翁也看著他，兩人都很好奇。戈蒂耶先生說：「維克多，怎麼了，這件事很重要嗎？」

「絕對重要。」

「跟我們說說……你肯定嗎？」

「根據推理能肯定，處長。」

「啊！只是個推理呀？」

「做警察的，我們的所有行動都依賴於推理……或是偶然。」

「行了，維克多，快解釋給我們聽。」

「幾句話就可以講清楚。」

隨後維克多沉著地解釋道：「毫無爭議，我們追蹤國防債券從史特拉斯堡一路追到『簡陋小屋』，也就是直到杜特雷取得債券的那天晚上。至於杜特雷當晚到底做了什麼，咱們暫且跳過。我已經想好的，不久就會告訴你，處長。總之，星期五早晨，杜特雷帶著贓物去了情婦家裡，行李都準備好了。他們去了巴黎北站，等待火車到來，突然，由於一些未知的原因，他們改變了主意，決定不走了。當時是五點二十五分。杜特雷叫車把情婦送了回去，自己坐車在六點鐘到了聖拉薩車站。此刻，他從晚報上得知自己涉嫌，警察可能在歌爾詩車站等著他。他能帶著債券下車嗎？當然不能，這一點毫無疑問。所以，在五點二十五分到六點鐘之間，他把債券放到了安全的地方。」

「但是計程車中途根本沒停過車。」

「所以他只有以下兩種方法：要麼和計程車司機商量好，把債券託付給他……」

「不可能！」

「要麼把債券留在車裡。」

「不可能！」

「爲什麼？」

「那樣的話任何一個上車的人都可能把債券拿走！沒人會把這麼大一筆金額丟在計程車座位上！」

「沒人會這麼做，但是可以把它藏起來。」

莫萊翁警長大笑起來。「你說得倒容易呀，維克多！」

戈蒂耶先生思考了一下，問道：「怎麼藏起來？」

「把靠墊上面拆開十公分，然後再縫上，這一招就能成功。」

「這需要時間。」

「完全正確，處長。正因爲如此，杜特雷才按照您的說法，白白繞了遠路。然後他回到歌爾詩，由於自己巧妙的藏法而心情平靜，決定等到風聲一過，就盡快把債券取回。」

「可是，他知道自己被懷疑。」

「是的，但他不知道自己遭指控有多重，也沒有預料到事情會發展得這麼快。」

「所以呢？」

「司機尼古拉的車就停在院子裡，我們去找國防債券。」

莫萊翁冷笑著聳了聳肩膀，而處長卻被維克多的一番解釋深深震撼，派人招來司機尼古拉。

「帶我們去看你的車。」

*

這是一輛舊敞篷車，已經掉了色，車身凹凸不平，佈滿傷痕，極有可能曾參與過馬恩河戰役。

「要發動車子嗎？」司機尼古拉問。

「不用，老兄。」

*

維克多打開一扇車門，抓住靠左面的靠墊，拿過來檢查。

隨後他又檢查右邊的靠墊。

這墊子下面沿著毛皮邊緣的布料有十公分長的地方顯得些許異常，深灰色的布料被人用黑線縫了起來，縫得並不齊整，但很結實且針腳緊密。

「該死，」戈蒂耶先生咕噥地說：「看樣子確實是這樣……」

維克多拿出自己的小折刀，切斷縫線，扯開裂口，然後把手放進墊子裡摸索。

四、五秒後，他低聲說：「找到了。」

他輕而易舉地抽出一張紙，更確切地說是一張卡片。

他發出了一聲憤怒的叫喊。

那是一張亞森・羅蘋的名片，上面寫著：「深表抱歉，向您致上我最誠摯的敬意。」

莫萊翁狂笑起來，幾乎笑彎了腰。他用惡毒的語氣緩緩地說：「上帝啊，眞是有意思！又是

*

咱們老朋友羅蘋的把戲！嗯？維克多，沒找著九張十萬法郎的債券，反倒拿到了一張名片。低級故事！太可笑了！風化組的維克多警探，你眞是荒唐透頂！」

「我完全不同意你的看法，莫萊翁，」戈蒂耶先生反駁道：「正相反，剛才所發生的事情證明了維克多非凡的洞察力和第六感。我相信公眾也同意我的看法。」

維克多鎮定地說：「處長，這件事也證明了羅蘋是個不好對付的傢伙。如果我有『非凡的洞察力和第六感』，他不知還要比我強多少哩。因爲他搶在了我前頭，更何況他並不像我一樣能夠運用一切警力。」

「我想你不會放棄吧？」

維克多微笑了一下。「再兩星期就能夠破案，處長。你也要抓緊時間啦，莫萊翁警長，否則我會不辭而別。」

他兩腳跟並攏，向他的兩名上司敬了個軍禮，然後轉過身邁著僵直拘謹的步伐離開了。

他在家裡吃了晚餐，然後安穩地一覺睡到第二天早晨。

報紙講述了整個事件的經過，內容詳盡，顯然是莫萊翁提供的。大多數報紙同意處長關於風化組維克多非凡成就的評價。

然而另一方面，正如維克多預想的，對亞森・羅蘋的讚美也鋪天蓋地。這些文章讚揚羅蘋非凡的觀察力和智慧，吹捧這位名冒險家的新舉。

「啊！」維克多讀到這些文章時低聲埋怨道：「我一定要把這個羅蘋貶下去。」

傍晚，傳來了杜特雷男爵自殺的消息。他本指望著債券給他帶來享受，補償他所受的折磨，最後債券的消失把他徹底擊垮了。他躺在床上，面朝著牆，用一塊碎玻璃割腕，就這麼靜靜而毫無怨言地走了。

他這樣做如同向警方招了供，但這樣的招供會使「簡陋小屋」和沃吉哈爾街的凶殺案明朗化嗎？公眾不再關心這個問題，所有的焦點都再一次聚集在亞森・羅蘋，和他如何逃脫風化組維克多警探的追捕上。

維克多坐上自己愛車，重返樹林裡，脫下緊綳的上衣，穿上祕魯人馬可士・阿維斯托樸素高雅的西裝，回到了劍橋酒店自己的房間裡。

他穿上裁剪精細、鈕眼裡插著花的無尾長禮服，前往餐廳用餐。

他沒在餐廳裡看到亞莉姍卓，連在大廳裡她也沒露面。

大概十點時，他在房間裡接到一通電話。

「馬可士・阿維斯托先生嗎？我是亞莉姍卓・巴茲萊耶夫公主。如果您現在沒什麼更好的事情可打發時間，而且不覺得厭煩的話，請過來和我聊聊天吧，我將很高興見到您。」

「現在嗎？」

「是的，現在。」

同謀

chapter 7

1

維克多搓著手掌說：「行了！她想要我做什麼？我會看到一個擔憂害怕，想找人救助、準備吐露心聲的女人嗎？不太可能。這才剛到第二步，也許還要經歷第三步、第四步才能達到我的目標。不過沒關係，重要的是她需要見我，其餘的，我只需耐心等待。」

維克多凝視著鏡中的自己，正了正領帶，嘆息道：「真可惜……我是個六十歲的老先生了……當然，目光依舊炯炯有神，胸膛在衣服的襯托下也顯得結實，但畢竟已經六十歲了……」

他把腦袋伸到走廊，朝電梯方向走去。到了公主的房門前，他突然拐了彎。門半開著，維克多走了進去。

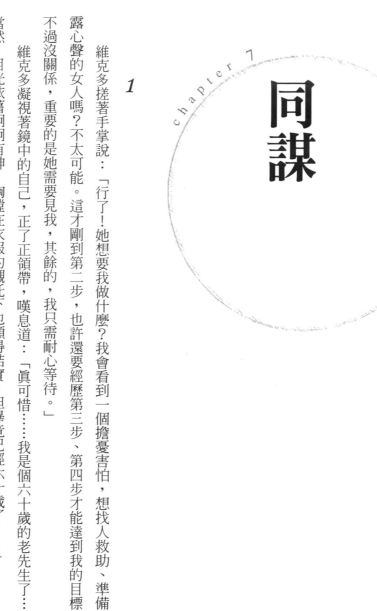

他先看到的是前廳，接著是小客廳。亞莉姍卓正站在客廳門口等他。公主笑著把手伸向維克多，就像在家中接待一位不折不扣的紳士一樣。

「感謝您能過來。」她一面請維克多坐下，一面說。

她身穿一件白色絲質睡衣，相當開放，露出美麗臂膀和香肩。她的臉已經不是平常人們所看到那張哀婉動人、命運坎坷的面容，也不再流露出她的高傲與冷漠，而是一位想要取悅於人，把你邀請到她的生活中來，客氣、友好、和藹形於色的女人。

小客廳與所有大酒店的格局差不多，但是她的客廳裡瀰漫著一股高雅氣氛，這來自於柔和的燈光、貴重的古董、精裝的書籍和外國菸草淡淡的清香。獨腳小圓桌上，放著報紙。

她坦誠地說：「我有點不好意思……」

「不好意思？」

「我把您叫來，卻不太知道爲什麼……」

「我明白。」

「噢！爲什麼？」

「您感到煩悶。」

「確實是。」她說：「但是您所說的煩悶是我人生的痛苦，並非透過聊天就能驅除的。」

「這種煩悶只有猛烈的行爲才能加以制伏，而且制伏的程度與所冒的危險成正比。」

「那麼，您不能爲我做點什麼嗎？」

「可以。」

「怎樣做？」

維克多開玩笑道：「我能讓您冒最大的危險，引起一個又一個災難和風暴。」

維克多靠近公主，語氣更加嚴肅地說：「可這有必要嗎？我經常想起您，每次都會問我自己，您的人生本身不就是一個驚險接著另一個驚險嗎？」

他發現公主的臉似乎輕微地紅了。

「您怎麼會這樣想呢？」

「把手給我……」

她把手遞了過去。

維克多靠近她，仔細觀察著她的手掌，向她俯過身，說：「正與我所想的一樣。儘管看上去神情複雜，但您卻是容易讓人理解的，這一點我老早從您的眼眸和態度中看出來了，此時又在您的手紋中得到了驗證。令人奇怪的是，您既大膽又脆弱，您不斷追求冒險，但同時又渴望得到保護；您喜歡孤獨，但有時又害怕孤獨，需要求助於隨便什麼人來把您從想像的噩夢中解救出來。您需要征服一切，但同時也需要被人征服。您是順從和驕傲的綜合體，在考驗面前堅強有力，但在煩悶面前、在千篇一律的日常生活中、在悲傷面前卻又不知所措。因此，您身上的一切都是矛盾的，您的鎮定和熱情，您的通情達理和蠻橫衝動，您的冷淡和溫柔，您對愛的欲望和獨立的意志。」

他把她的手放了下來。

「我沒有說錯，對不對？您和我所想的一樣。」

她被維克多尖銳的目光看透了心靈的祕密，感到局促不安，把眼光轉到了別處。她點燃一根菸，站起身來，改變了話題，拿起報紙漫不經心地說了起來，維克多明白這才是她的眞正意圖。她說：「您怎麼看待國防債券案這件事？」

這可能是他們第一次談到兩人都很關心的債券案。維克多按捺住心中的激動，終於談論到這件事了！

他以同樣漫不經心的口氣回答：「這件事很蹊蹺……」

「很蹊蹺，」她說：「但是，不管怎樣，還是有了新進展。」

「新進展？」

「對。比如，杜特雷男爵的自殺就是認罪。」

「您肯定嗎？他之所以自殺，是因爲他的情婦背叛了他，因爲他沒有希望再找回那筆錢。但眞的是他殺害了萊斯科老頭嗎？」

「否則是誰殺的呢？」

「一個同謀。」

「哪個同謀？」

「從大門逃走的那個男人，可能是古斯塔夫・紀堯姆，也可能是從窗戶逃走的那個女人的情人。」

「那個女人的情人？」

「對，就是亞森・羅蘋……」

她反抗道：「可亞森・羅蘋不是殺人犯……他不會殺人的……」

「他也許是爲了自保，逼不得已才下毒手的。」

儘管兩人都努力克制情緒，但是他們原本無關痛癢的對話變得嚴肅起來，而這正合維克多之意。他沒有看她，但料到她應該正渾身顫抖。她帶著濃厚的興趣問道：「您怎麼看待這個女人？」

「電影院的那個女人？」

「您認爲電影院和『簡陋小屋』的女人是同一個？」

「當然啦！」

「在沃吉哈爾街那邊樓梯遇到的也是這個女人？」

「當然。」

「那麼，您認爲……」

她沒有往下說，或許說不出口。維克多遂接著她的話說下去：「所以，可以懷疑是這個女人殺了艾麗絲・馬松。」

維克多用推測口吻說出這句話，隨後出現一陣沉默，他聽到一聲嘆息。維克多接著以局外人的口氣說：「我看不透這個女人……她的笨拙令我震驚。她像是新手……且白白殺人，又沒得到什麼，這眞是太傻了……因爲歸根結柢，她是爲了得到國防債券。可是債券並不在艾麗絲・馬松那兒，所以這項罪名犯得荒謬、愚蠢而徒勞。事實上，這個女人沒什麼意思……」

「這件事中令您感興趣的是什麼呢？」

「兩個男人，兩個眞正的男人。可不是像杜特雷或是紀堯姆那樣的，也不是像莫萊翁那樣的，都不是。是兩個有膽識的男人，他們謹愼低調地走自己的路，最後這兩人會在路的盡頭相見，那就是羅蘋和維克多。」

「羅蘋？」

「這可是位大師，在沃吉哈爾街失手後，他找到國防債券，扭轉了局勢，所使出的方法都令人敬佩。維克多也一樣，他也發現了債券藏在計程車裡。」

公主問：「您認爲這個人會戰勝羅蘋嗎？」

「我認爲他會的，老實說，我是這樣認爲的。透過其他消息管道，不管是報紙，還是聽被牽連此事件者的講述，我一直關注著這個人的辦案方式。羅蘋從沒遇到過如此神祕隱蔽、執拗頑強的進攻，維克多是不會放過他的。」

「啊！您眞這樣想嗎？」她低聲問道。

「是的，他取得的進展比人們想像的可能更快，他或許已找到了線索。」

「警長莫萊翁也一樣嗎？」

「是的，羅蘋的情況並不樂觀，警方設了陷阱，會抓到他的。」

她沉默了一會，雙肘放在膝蓋上。最後，她試圖微笑，低聲說：「那就太可惜了。」

「是的，」維克多說：「您也像所有女人一樣，爲他著迷。」

她的聲音壓得更低了，說：「所有經歷非凡的人都令我著迷……羅蘋……其他任何人……他們都懷有強烈的情感。」

「不是，不是，」維克多笑著說：「不要這樣想……他們已經習慣了這些情感……習慣以後，行動起來就可以像一個正直人士玩紙牌般自如。當然，有些時候是頗令人痛苦的，但這種情況比較少。只要一上手，就可以遊刃有餘，因此有人告訴我……」

維克多打住話語，站起身，準備離開。

「抱歉，我佔用了您太多的時間。」

公主將他攔住，活躍而好奇地問道：「有人告訴您什麼？」

「喔！沒什麼……」

「有，請告訴我……」

「不，我向您保證……是關於一條可憐的手鍊……有人對我說，我只需要去拿就可以……不動聲色……只需走一趟就行……」

他正要開門，公主拉住了他的胳膊。

他轉過身，她問：「幾點鐘去？」她的眼神大膽，彷彿一個不容被拒絕的女人在挑逗一樣。

「為什麼？您也想去？」

「是的，我也想去……我覺得無聊難耐！」

「這能讓您消遣一下啊？」

「不管怎樣，我要看看……我要試試……」

維克多說：「後天下午兩點鐘，聖雅克廣場的雷弗利路見。」

未等待回覆，他便離開了房間。

2

她準時赴約。

見到她來了，維克多閉著嘴對自己說：「我的小姑娘，妳上鉤了。一步接一步，我就會找到妳的情人。」

她就像個活潑小姑娘，迫不及待的要去赴一場聚會。她沒有喬裝打扮，但卻變了模樣。她穿著一件短款灰色呢絨裙，戴著一頂無邊女帽，剛好掩住了秀髮……她的裝束平凡，不會引起任何注意力。此刻她隱去了貴婦的高雅氣質，連迷人的美麗也像是蒙了一層面紗，顯得柔和而謹慎。

維克多問：「決定了？」

「早就決定逃脫原本的自己。」

「先解釋一下。」維克多說。

「有必要嗎？」

「哪怕是爲了讓您消除內心的不安。」

「我沒有什麼不安。」她興高采烈地說：「我們應該好好地散步，不是嗎？然後拿……我忘記是什麼了……」

「完全正確。我們散步時，要去拜訪一位善良人士，他從事的是銷贓行業……前天，有人交給他一條偷來的手鍊，他想賣掉。」

「您不想從他那兒買過來？」

「不想。再說到時候他正在睡覺……這個人作息規律，他在餐館吃完午餐後，回到家，兩點到三點間睡午覺。他睡得很沉，天塌下來都叫不醒他，您會看到我們的拜訪不會有任何風險。」

「隨便怎麼樣吧。這個愛睡覺的人住在哪裡？」

「跟我來。」

他們離開了廣場中心的小公園，走了約一百步後，維克多讓公主坐進他停在人行道上的車，他特意讓亞莉姍卓看不到車牌號碼。

他們沿著雷弗利路行駛，然後左轉彎進到錯綜複雜的街道。維克多熟門熟路地駕駛著，汽車太低矮，車頂擋著，使人看不到這些街道的名字。

「您不信任我，」她說：「不想讓我知道您帶我去哪裡，這街區的所有街道我都不認識。」

「這不是街道，而是美妙的鄉間公路，在美麗的森林裡，我要載您去一座壯觀的城堡。」

她微笑道：「您不是祕魯人，對不對？」

「當然不是！」

「法國人？」

「我來自蒙馬特。」

「您是誰？」

「亞莉姍卓・巴茲萊耶夫公主的專屬司機。」

車子停在一座能通過車輛的拱形大門前，他們下了車。

裡面是個鋪著石塊的長方形院子，中間種著一叢樹，四周是一些老舊的房子，每座樓梯都標著字母。樓梯A，樓梯B……

他們走上了樓梯F。他們的腳步聲迴響在石板上，途中沒有遇到任何人，每層樓都只見一扇門。所有一切都破舊不堪，無人維護。

走到第六層，也就是最頂樓時，天花板很低，維克多從口袋裡掏出一串偷配的鑰匙和一張房子的平面圖，維克多向他的同伴指出了四個房間的位置。

他輕而易舉地打開鎖，輕輕推開了門。

「您不害怕嗎？」維克多低聲問。

她聳了聳肩。然而，此時她沒有笑，臉色又變得像平時一樣蒼白。

他們進到了門廳，對面是兩扇門。

他指著右邊的那扇說：「他在這兒睡覺。」

他輕啓左邊的那扇門，兩人進入到這個只有四把椅子和一張書桌的小房間。這間房與另外一間被一個狹窄的門窗洞隔開，門窗洞上蒙著一層布簾。

他撩起布簾，瞄了一下，又示意他的同伴過來看。

在對面牆上，鏡子裡映出一張沙發床上有個男人正在休息，但他的臉看不清。維克多彎下身子在她耳邊說：「待在這裡。有任何動靜，就通知我。」

維克多摸了她的一隻手，十分冰涼。她的雙眼盯著睡覺的人，目光中充滿了興奮。

維克多退到書桌旁，花了一些時間才撬開鎖，打開若干個抽屜來。他在裡面找到了絲紙包著的手鍊。

這時，旁邊發出一聲輕微的響聲，好像什麼東西掉到了地板上。

亞莉姍卓放下窗簾，身體踉蹌了一下。

維克多走近亞莉姍卓，聽到她喃喃說：「他動了……他要醒了……」

他伸手去掏自己的槍。她驚慌失措地撲了上去，抓住他的胳膊，抱怨道：「您瘋了！這，不可以，絕對不可以！」

他捂住了她的嘴。「別出聲……您聽……」

他們兩個人聽著。此時沒有任何聲音，睡覺的人有節奏的呼吸在寂靜中顯得格外清晰。

維克多拉著她一步步退到門口，他們關上門出來時，距離他們進去還不到五分鐘時間。

台階上，她大口喘氣，然後直起彎下的腰，鎮定地走下樓。

回到車裡，她又開始發作，雙臂僵硬，面部肌肉抽搐，維克多認爲她要哭了。但是她卻神經質地笑了一聲，讓自己放鬆許多。維克多給她欣賞手鍊時，她說：「很漂亮……都是上乘的鑽石……一樁好事……我向您表示祝賀。」

她的語氣裡充滿了諷刺，維克多頓時感到他們之間的距離拉大了，她就像個陌生人，甚至像是個敵人。她向維克多做手勢要他停車，然後一聲不響地下車。那裡有個計程車站，她招了一輛。

維克多回到了剛才的街區，再一次穿過院子，再一次爬上樓梯F。到了六樓，他按下門鈴。

他的朋友拉爾莫那警探開了門。

「演得好，拉爾莫那，」維克多愉快地說：「你的覺睡得可眞沉，你的公寓拿來演這齣戲也十分合適。但是什麼東西掉了下來？」

「我的夾鼻眼鏡。」

「再鬧大一點，我就要朝你的腦袋開槍了。這嚇到了那位美麗公主，她冒著吵醒你的危險，撲到我身上。」

「這麼說她並不想殺人？」

「否則就是沃吉哈爾街的記憶讓她感到恐懼，那一次就讓她受夠了。」

「你眞的這樣認爲呀？」

「我不知道，」維克多說：「我對她的瞭解讓我感到愈加不確定。我和她現在已成同夥，就像我預想的那樣，把她帶到這裡來，讓我向目標又邁進了一步。我應該給她，或是向她承諾她應得的那份贓物。這是我的初衷……我沒能這麼做。說她殺過人我還能接受……但說這個女人……是一個盜賊？……我無法想像……給你，這條手鍊還給你，謝謝借你手鍊的那個珠寶商。」

拉爾莫那嘲謔道：「你可眞是詭計多端！」

「沒辦法，遇上了羅蘋這樣的傢伙，就得用特別手段來對付。」

晚餐前在劍橋酒店裡，維克多接到拉爾莫那的一通電話。

「當心點……莫萊翁警長好像得到了有關英國人藏身之處的消息……警局正在策劃著什麼……我會及時聯繫你的。」

3

維克多還是感到焦慮不安。他所選擇的道路使得他必須步步爲營，否則就會打草驚蛇。莫萊翁正相反，他不必謹慎小心，一旦找到線索即可直擊敵人。如果英國人被抓，羅蘋處於危險的境地，亞莉姍卓會受到牽連，維克多就對這件案子愛莫能助了。

接下來的四十八小時實在難熬，報紙上沒提到任何關於拉爾莫那發出的警告，而拉爾莫那來電說他雖還不知更具體的消息，但一些細節符合了他的預感。

英國人比米士一直沒露面，他待在房間裡，說是扭傷了腳。

至於亞莉姍卓，她只在餐後來過大廳一次，一邊吸菸一邊聚精會神地看畫報。她換了座位，沒和維克多打招呼，維克多也只是偷偷地觀察她。

亞莉姍卓並不顯得擔憂。但是她爲什麼出來呢？難道是爲了讓維克多知道，即使她沒有和他打招呼，她還是在那裡的，而且隨時準備與維克多重啓聯繫？她顯然不知道當前形勢對她有多麼緊迫，但憑藉女人的直覺，她應該感覺得到自己和所愛的男人有危險。是什麼力量讓她留在酒店裡呢？又是什麼力量讓英國人比米士留在酒店裡呢？兩人爲什麼不找另外一個更安全的避難所呢？他們爲什麼不分開呢？

也許亞莉姍卓等待著那天和比米士在一起的陌生男人？那個男人可能就是亞森・羅蘋？維克多差一點要去告訴她：「趕快離開這裡，情況危急。」

但是如果公主問：「爲什麼危急？我有什麼好害怕的？能有什麼讓巴茲萊耶夫公主焦慮不安的？英國人比米士嗎？我不認識他。」維克多又能如何回答呢？

因此維克多也繼續待在酒店裡，沒有離開。不管怎樣，如果敵人不逃離，如果莫萊翁能查到這兒的話，雙方的交鋒將在所難免。維克多深入思考，對整個事情加以分析，檢驗自己採用的方法，並以他對亞莉姍卓行爲和性格的瞭解進行比對。

維克多在房間裡用午餐，他想了很多。之後，他俯身靠在陽台上，看到某道熟悉的同僚身影，有另一位同僚從反方向走來，他們在劍橋酒店對面的一張長椅上坐了下來，兩人並沒有交談，他們轉過背，但是一直盯著劍橋酒店的前廳。另外兩名警察站在馬路的另一旁，遠處還有兩名警察。他們一共是六人，包圍已經展開。

維克多陷入了進退兩難的境地，要麼重新變成風化組的維克多警探，揭露比米士，直接或間接地查到亞森・羅蘋，但這也就等於揭穿了亞莉姍卓。要麼……

「要麼怎樣？」維克多小聲自言自語道：「不站在莫萊翁這邊，就是站在亞莉姍卓那邊一起對付莫萊翁。我有什麼動機要這樣做呢？是爲了破案，親手逮到亞森・羅蘋嗎？」

其實有時候不加思考，憑直覺行動反而更好，不管直覺會帶你去何方。重要的是投入行動，並在爭鬥的跌宕起伏中掌握主動權。維克多再度俯身往下看，拉爾莫那警探從鄰近的一條街裡走出來，正溜溜達達地往酒店方向走來。

他來做什麼？

拉爾莫那經過同僚坐著的長椅時，瞥了他們一眼，三人之間有細微的頭部動作。

之後，他仍舊像散步般穿過人行道，進入酒店。

維克多毫不猶豫地決定和拉爾莫那談一談。照理說，拉爾莫那自己也應該預期與維克多會面。

維克多於是下樓去。

正是喝下午茶的時間，很多桌子坐滿了人。大廳和寬敞的走廊裡進出人潮絡繹不絕，這使維克多和拉爾莫那能夠相互交談，而不會引人注意。

「怎麼回事？」

「酒店被包圍了。」

「有什麼消息？」

「他們大致確定英國人自從酒吧圍捕逃出來後就一直待在這裡。」

「公主呢？」

「不關她的事。」

「羅蘋呢？」

「也不關他的事。」

「好，直到有新的消息。你是專門來通知我的？」

「我在執勤。」

「得了吧。」

「這裡缺一個人手，我剛好在莫萊翁身邊閒逛，他就把我打發到這裡來了。」

「他本人來了嗎？」

「這不正在櫃檯那邊說話呢。」

「好傢伙！忙得正起勁呢。」

「我們一共十二個人。你應該離開這裡，維克多，現在還來得及。」

「你瘋了！」

「否則你會被偵訊的……萬一他認出你是維克多該怎麼辦呀？」

「那又如何？維克多警探裝扮成祕魯人在警方調查的酒店裡辦案。你不用管我，去打聽點消息……」

拉爾莫那快步走向大廳，與莫萊翁會合，然後跟一名從外面進來的警察隨莫萊翁進了經理辦公室。三分鐘後拉爾莫那又出現了，向維克多走來，他們只說了幾句話。

「他們在檢查登記簿，查到獨自住在這裡的英國人的名字，甚至所有外國人的名字。」

「爲什麼？」

「警方不知道羅蘋同謀的名字，也不確定同謀是英國人。」

「接下來呢？」

「接下來我們要一個接一個地偵訊他們，或者直接到他們的房間去檢查證件，你可能也會被問到的。」

「我的證件可是合乎規定的……甚至太合乎規定。如果有人想要出酒店呢？」

「有六個人負責看守，有嫌疑者會被帶到經理辦公室，加上一個警探負責監聽電話。一切都很有秩序，不會出亂子的。」

「你呢？」

「後面的蓬蒂厄街有一個出口，是專門給工作人員和供貨商使用的，顧客有時也會借用。這個出口由我負責看守。」

「給你什麼命令？」

「晚上六點之前任何人不准離開酒店，除非有莫萊翁用酒店卡片簽發的通行證。」

「在你看來，我有多少時間來行動？」

「這麼說你要行動了？」

「是的。」

「朝哪個方向？」

「噓！」

他們分開了。

維克多上了電梯，他毫不猶豫地這麼做，甚至沒去想可能還有其他可行的辦法。

他對自己說：「就是這樣，只能這樣。現在的情況對我的計畫十分有利，不過要抓緊時間，我只有十五分鐘，最多二十分鐘。」

亞莉姍卓的房門開著，她出現在走廊裡，衣著講究，好像要下樓喝茶。

維克多向她走去，抓住她的肩膀，把她推回了房間裡。

她生氣地反抗，不明白到底發生了什麼事。

「酒店被警方包圍了，他們正在搜查。」

chapter 8 劍橋酒店大戰

1

亞莉姍卓一邊向後退，一邊試圖掙脫維克多那隻束縛著她、令她惱火的手。穿過前廳，維克多關上了小客廳的門。她大聲喊道：「眞可惡！您有什麼權利竟敢……」

維克多慢慢地重複道：「酒店被警方包圍了……」

他已經料到她會如此反駁：「那又怎麼樣？這不關我的事。」

「警方找到了所有英國人的名單……他們會被偵訊……」

「這個問題與巴茲萊耶夫公主無關。」

「這些英國人裡有比米士先生。」

她只是眼皮稍稍動了一下，肯定地回說：「我不認識比米士先生。」

「您認識，就是住在這一層三三七號房的那個英國人。」

「我不認識他。」

「您認識他。」

「您監視我？」

「在有必要時。是爲了幫助您，就像現在一樣。」

「我不需要別人幫助，尤其是……」

「尤其是我的幫助，您是這個意思嗎？」

「我不需要任何人的幫助。」

「拜託您了，別讓我作無用的解釋。我們時間不多了！不超過十分鐘……十分鐘，您明白嗎？十分鐘之內，兩名警探就會進入比米士先生的房間，把他帶到樓下經理辦公室去見莫萊翁警長。」

她勉強笑道：「我爲這位可憐的比米士先生感到遺憾。他被指控犯了什麼罪？」

「他是瑪勃夫街酒吧圍捕逃脫的兩個人之一，另外一個是亞森・羅蘋。」

「他的情況很危險，」她平靜地說：「如果您可憐這個人，就打電話通知他……他自會決定該怎麼做。」

「電話已經被監聽了。」

「那又怎麼樣？」她變得更加緊張起來，「您自己設法告訴他！」

年輕女人的蠻橫無理激怒了維克多，他冷淡地反駁道：「您還沒有明白當前的形勢，夫人。再過八分鐘或十分鐘，這兩位警探會到比米士的房間，其中一個會把他帶到經理辦公室，另一個將搜查他的房間。」

「隨便他們怎麼做！」

「那麼您自己呢？」

「我怎樣？」

她顫抖了一下。是憤怒？是惱火？還是擔憂？

她又平靜了下來，說道：「我怎麼了？您以為這個人和我有什麼關係？他不是我的朋友。」

「也許是這樣，但他配合著您行動，請不要否認這一點。我知道……我知道的比您想像的要多……自從那天您容忍丟失了髮夾，您向我伸出手，我就很想知道您為什麼對這類事情毫不在乎。」

「這是因為我自己也從事這種勾當嗎？」

「不管怎樣，做這些事的人能引起您的興趣。某天晚上，我看到您和那個英國人聊天。」

「就這樣而已嗎？」

「之後，我進入他的房間並找到了……」

「什麼？」

「一件讓我想起您的東西。」

「什麼？」她不安地問。

「這件東西警察不久後就會找到。」

「您倒是說啊！」

「在比米士先生的衣櫃裡……更確切地說，在他的一疊襯衫中間，他們會找到一條橙綠色圍巾……」

「什麼？您說什麼？」她站起來問。

「一條橙綠色圍巾，勒死艾麗絲‧馬松的那條圍巾。我在他那兒見到過……就在英國人的衣櫃裡……」

終於，巴茲萊耶夫公主的抵抗徹底垮掉了。她站在那裡，全身搖晃，驚慌失措，嘴唇顫抖，結結巴巴地說：「這不是眞的……這不可能！……」

維克多接著無情地說下去：「我在他那兒看到了，就是警方在尋找的那條圍巾。您讀過報紙……艾麗絲‧馬松那天早上在家裡還圍著的那條圍巾。在英國人手裡找到它，就無可爭論地證明了他和亞森‧羅蘋參與了沃吉哈爾街凶殺案。既然有了這條圍巾，能不能找到其他證據揭露那個女人的身分呢？」

「哪個女人？」她從牙縫裡擠出這幾個字。

「他們的同謀！案發時出現在樓梯上的那個女人……殺害艾麗絲・馬松的凶手……」

她猛地撲向維克多，大叫起來，既像是招供，又像是激烈地抗議：「她沒有殺人！我肯定這個女人沒有殺人……她厭惡犯罪！厭惡血腥和死亡！……她沒有殺人！」

「那是誰殺的？」

她沒有回答，百般情緒疾速翻湧，激動消失後，取而代之的是沮喪。她說話聲音極弱，維克多只能勉強聽到：「這一切已經不重要了。您願意怎麼看我就怎麼看吧，我不在乎。總之，我完了，一切都對我不利。比米士爲什麼還留著這條圍巾？他不是答應處理掉嗎？不……我完了。」

「爲什麼？離開這兒吧，沒什麼能阻止您離開。」

「不，」她說：「我不行，我沒有力氣離開。」

「那就幫我一把。」

「幫您做什麼？」

「通知比米士。」

「怎麼通知？」

「我自有辦法。」

「您不會成功的。」

「會成功的。」

「您要把圍巾拿走？」

「是的。」

「那比米士怎麼辦？」

「我會幫他逃走。」

她向維克多靠近，維克多觀察了她一下。她重拾了勇氣，目光變得柔和，甚至在這個男人面前微笑起來。她認爲自己在這個已經不再年輕的男人面前施展了女人的魅力，否則如何解釋這個男人毫無條件的忠心呢？他爲什麼冒著生命危險來救她呢？

就連她自己也被這雙鎭定的眼睛和堅強的面孔所威懾住。

她向維克多伸出了一隻手。「趕快行動，我害怕。」

「爲他害怕？」

「我之前沒懷疑過他的忠心，但現在我也不太確定了。」

「他會聽我的嗎？」

「會的……他也害怕……」

「但是他可能不信任我喔？」

「不，我並不這麼認爲。」

「他會來開門嗎？」

「連敲兩下門，重複敲三次。」

「你們會合時沒有什麼暗號嗎？」

「沒有，這樣敲門就可以。」

維克多剛要走，公主又拉住他。

「我應該怎麼做？離開這裡嗎？」

「乖乖待在這兒。一小時危險結束後，我會回來，到時候我們再看。」

「如果您回不來呢？」

「那就星期五在聖雅克廣場見面。」他想了一下，小聲說：「看，一切都解決好了吧？沒有什麼遺漏吧？好囉，待在這裡，我求您了。」

維克多向外窺視了一眼，走廊已不像平常那樣清靜。有人來來往往的，酒店開始紛亂起來。

他等了一會兒，之後冒險出去了。

他先到電梯的鐵柵欄前，沒有人。然後他又跑到三三七號房，按照指示的節奏使勁敲門。

房間裡傳來窸窣的腳步聲，門鎖轉動起來。

他推開門，看見比米士，把告訴公主的話又說了一遍：「酒店被警方包圍了……他們正在搜查……」

2

英國人的反應和亞莉姍卓的反應完全不一樣，他既沒反抗，也沒表現出咄咄逼人的意志。這兩個男人之間一拍即合。英國人早料到情況的嚴重性，恐懼使他屈服，沒有去想爲何維克多會來通知他。此外，他雖然聽得懂法語，但說得不太好。

維克多對他說：「你得馬上服從我的命令，警察會查看每一個房間，他們認爲瑪勃夫街酒吧的一名英國人藏在酒店裡，你會成爲他們首先審訊的嫌疑人，因爲你聲稱扭傷了腳。這個藉口可不怎麼精明，要麼就不要再回到這裡，回來了也不要把自己關在房間裡。你有沒有什麼危險的證件和信件？」

「沒有。」

「沒有任何牽連公主的東西？」

「沒有。」

「胡說！把衣櫃的鑰匙給我。」

英國人照辦了，維克多扒開一疊襯衫，抓出那條圍巾塞到衣袋裡。

「沒有別的了？」

「沒有了。」

「現在還有時間。眞的沒有了？」

「是的。」

「我先警告你，如果你試圖背叛巴茲萊耶夫公主，我可饒不了你。穿戴好你的皮鞋、帽子和外套，你要離開這裡。」

「但是……警察怎麼辦？」比米士問。

「別出聲，你知道酒店面向蓬蒂厄街的那個出口嗎？」

「知道。」

「那裡只有一個警察看守。」

英國人做出要用拳擊倒這個警察，強行通過的架勢。

維克多反駁道：「不，別做傻事，你會被抓住的。」

他拿起桌上一張印有酒店名的卡片，上面寫著「通行證」，由莫萊翁警長寫上日期和署名。

「向站崗的警察出示這張卡片，我保證上頭簽名和眞的一模一樣。出去時鎭定點，不要回頭，一到街角就趕緊快跑。」

英國人指了指他房內裝滿衣服和盥洗用品的衣櫃，做出可惜的動作。

「啊！確實，」維克多冷笑道：「你還想要什麼？一筆賠償金嗎？還不快走！準備好……」

比米士拿起他的皮鞋，就在這時，有人敲門。維克多擔心地說：「糟糕！要是警察怎麼辦？活該，我們見機行事吧！」

敲門聲又響了起來。

「進來！」英國人大聲說。

他把皮鞋扔到房間一角，自己躺在沙發上。當維克多正要去開門時，便聽到鑰匙的聲音。本樓層的服務生用他的萬能鑰匙打開了房門，後面跟著兩名警探，是維克多的同事。

「再見，親愛的先生，」維克多把自己的南美口音發得很誇張，「您的腿好多了，我很高興。」

他迎著那兩名警察向外走。其中一個警察十分禮貌地說：「我是刑事處的魯博警探，我們在酒店調查。請問您認識這位先生多久了？」

「比米士先生？喔！有一段時間了……有一次他在大廳裡給了我一根菸……自從他扭傷了腳以來，我就經常過來看他。」他報上了自己的名字：「在下馬可士．阿維斯托。」

「祕魯人，是吧？您在警長的談話名單上。能不能請您到樓下辦公室走一趟？您隨身帶著證件嗎？」

「沒有，放在我的房間裡，就在這層。」

「我的同事會陪您去拿。」

魯博警探看著沙發上比米士的腿，打著繃帶的腳踝和旁邊桌上準備好的紗布，冷淡地說：「您走不了嗎？」

「走不了。」

「那麼警長會到這裡來。去通知警長！」魯博對他的同事說：「他來之前，我先檢查英國人的證件。」

維克多跟在同事後面出去了，暗自冷笑著。魯博警探埋頭於檢查英國人，竟一點也不仔細檢查一下維克多，顯然他也沒想到自己和一個嫌疑犯待在同一個房間裡，而對方可能還有武器。

維克多卻想到了這一點。當他從衣櫃裡拿出能證明自己是馬可士・阿維斯托的眞實證件時，他一邊觀察身邊的警察，一邊想：「我該怎麼做呢？是一個勾腳把他拐倒在地，鎖在這裡……然後從蓬蒂厄街逃出去？」

但這有用嗎？如果警方的目標比米士甩掉魯博，用簽有莫萊翁名字的假通行證逃脫的話，維克多還有什麼可畏懼的呢？

於是，他便乖乖地跟著那名警察。

酒店此時已躁動起來。樓下的大廳和寬敞的走廊裡擠滿了旅客和顧客，這些人充滿了好奇心，吵吵嚷嚷，對禁止出去感到十分氣憤。不管怎樣，酒店亂糟糟的。辦公室裡，莫萊翁警長忙得受不了，發著脾氣。

他只瞟了維克多一眼，就馬上讓他的下屬來處理。顯然，他只關心比米士，因爲他嫌疑最大。

「那個英國人呢？」莫萊翁問帶維克多來的那位警察，「你沒把他帶來？」

「他走不了……因爲扭傷腳……」

「胡說八道！那個人看起來很可疑。一個胖子，紅臉，是不是？」

「是的。他留著刷子一樣的鬍子，很短。」

「很短？沒錯……魯博還在他那兒？」

「是的。」

「我去一趟……你跟我去。」

這時突然闖進來一位惱火的旅客，他的名字在名單上，但他急著要趕火車。這讓莫萊翁耽誤了寶貴的兩分鐘時間，之後他下達命令又花了兩分鐘，才終於起身出發。

證件檢查完以後，維克多沒有申請通行證，便進了莫萊翁和兩位警探所乘的電梯裡。三名警察似乎絲毫沒留意他，到了四樓①，他們急忙走出電梯。

莫萊翁用力敲響了三三七號房的門。

「開門，魯博！」

他惱火地繼續敲起來。「快開門呀，該死！魯博！魯博！」

他大叫酒店服務生和這一層的總管。服務生從辦公室裡走出來，手裡拿著鑰匙。莫萊翁推了服務生一下，顯得越來越擔心。

門終於被打開了。

「天啊！」莫萊翁叫道：「我早就料到……」

魯博警探被毛巾和浴袍綁著，嘴也被堵上，在地上拚命地掙扎。

「沒受傷吧，魯博？啊！這歹徒把你綁了起來！見鬼！你這麼健壯，怎麼會任由他擺布呀？」

他們幫魯博鬆綁後，魯博恨得咬牙切齒。「他們是兩個人！」他咕噥道：「是的，兩個人。另外一個是從哪裡冒出來的啊？大概是先藏在房間裡。他從背後襲擊我，打了我後頸。」

莫萊翁抓起電話命令道：「任何人不准離開酒店！毫無例外！聽清楚了嗎？任何試圖逃走的人都要抓起來。不管是誰！」

他隨後對著房間裡的人說：「原來他們是兩個人！但是另一個人，第二個人是從哪裡冒出來的？你完全沒懷疑嗎？」他問魯博的同事，「快去找，飯桶……你們檢查過浴室沒有？他八成是藏在那裡。」

「我也是這樣想，」魯博說：「我覺得是這樣的……當時我正背對著浴室……」

他們查看了浴室，沒有任何線索，不過浴室內通往隔壁房間的門上插銷是活動的。

「給我搜！」莫萊翁指揮道：「給我徹底地搜！魯博，你過來嗎？到樓下行動。」

他散開聚集在走廊的人群，沿著左邊走向電梯，這時右邊傳來嘈雜聲。走廊通向四邊形的酒店中庭，就像魯博指出的，比米士頗有可能走右邊走道從蓬蒂厄街上的酒店後門逃走了。

「是呀，但有拉爾莫那在那兒守著，」莫萊翁說：「指令很嚴格。」

嘈雜聲越來越大。從第一個拐角處就看到另一頭的人群，有人招呼他們過去。在一處擺滿棕櫚樹和家具形成冬季客廳的隱蔽角落，有人發現兩棵棕櫚樹的栽培箱之間躺著一個人，其他人跟著俯身圍觀。

魯博叫了起來：「是那個英國人……我認出他來了……他渾身是血……」

「什麼！比米士？他還沒死吧？」

「沒有，」另外一人跪在地上，檢測過受害者生命跡象後說：「但是傷得很重……肩膀上挨了一刀。」

「怎麼，」莫萊翁喊道：「是另外一個下手的？那個躲藏起來從背後襲擊你的人？」

「當然了！他想擺脫掉同謀。還好所有出口都被封死了，我們絕對會逮住他。」

一直跟著兩位警探的維克多沒有再等，趁周圍嘈雜之機，他跑到第二座扶梯迅速衝下樓。樓底層與酒店在蓬蒂厄街的出口很近，附近堵滿了酒店職員。這時拉爾莫那和兩名警探走了過來，維克多向拉爾莫那示意要和他說話。

拉爾莫那說：「不可能出去，維克多……有命令……」

「不用擔心，我自己能解決……有人出示過通行證嗎？」

「有。」

「有可能是一張僞造的。」

「該死的！」

「那個傢伙逃了？」

「當然！」

「外貌特徵呢？」

「沒注意……看上去很年輕。」

「你不知道他是誰？」

「不知道。」

「他就是亞森・羅蘋。」

3

維克多這一肯定的判斷，立刻被所有經歷了這幾分鐘混亂場面的人所接受。這場面中夾雜著幽默、諷刺和喜劇，正符合羅蘋的風格。

莫萊翁驚慌失措，卻強裝鎮定，不過他蒼白的臉色揭穿了他。之後他就再沒有出過經理辦公室，猶如一位穩坐司令部的指揮官。他致電警察總局要求支援，還派通訊員在酒店裡到處奔波傳達矛盾的指令，使得大家不知所措。

人們喊著：「羅蘋！……羅蘋……他被攔住了！看到他了……」

英國人比米士被人用擔架抬著經過，送往波戎醫院，值班醫生肯定地說：「不是致命傷……明天就能接受審訊……」

這時，魯博從蓬蒂厄街跑過來，一副惶惶不安的樣子。

「他是從後邊逃跑的。他向拉爾莫那出示了一張您簽名的通行證，警長！」

莫萊翁激烈地抗議道：「那是假的！我一張通行證都沒簽過！把拉爾莫那叫過來！簽名肯定不是模仿我的！只有羅蘋才會有如此大的膽子。到英國人的房間裡……檢查一下墨水瓶、鋼筆，看看有沒有酒店的卡片。」

魯博箭步跑了出去。

五分鐘後他回來報告說：「墨水瓶還開著……筆管也沒擺好……找到一些酒店的卡片……」

「所以說啦，通行證就是在你被綁著的時候偽造出來的。」

「不是這樣，否則我會瞧見的，我只看到英國人穿上鞋之後他們就逃走了。」

「但是他們兩個人應該都不知道我們在調查啊？」

「可能知道。」

「誰告訴他們的？」

「我進他房間時，有一個人和英國人在一起……一個祕魯人……」

「馬可士．阿維斯托……這個人去了哪裡？」

魯博又飛快地跑去查看了。「沒人，」他回來後說：「房間是空的……有三件襯衫……一件西裝……一些盥洗用品……一盒剛被用過甚至沒蓋上的化妝品，祕魯人逃跑之前可能化了妝。」

莫萊翁說：「顯然他也是同謀，也就是說他們是三個人……經理先生，比米士浴室隔壁住的是誰？」

他們查看了一下酒店內部平面圖。經理十分詫異地回答：「這間房也是比米士租的。」

「怎會是這樣？」

「他一來就要了兩個房間。」

所有人都驚愕住了。莫萊翁總結道：「看來，我們可以確認這三名同夥入住同一層鄰近的三間房。馬可士・阿維斯托住在三四五號房，比米士住在三三七號房，亞森・羅蘋就住在他隔壁，自從他從瑪勃夫街酒吧逃出之後就一直在這兒棲身養傷。比米士悉心照顧看守、爲他送餐，如此小心謹慎，連酒店本層樓的工作人員都不知道有歹徒藏匿。」

整個案子的情況全攤在警察總局刑事處處長戈蒂耶先生面前。他剛到，聽完莫萊翁警長作的案情報告後，表示贊同他的分析，又讓人補充解釋一些，最後得出結論：「比米士已經落網了，如果不是羅蘋用假通行證的話，他人便在酒店裡。不管怎樣，祕魯人還在酒店裡，搜查就簡單許多了，可以取消禁出指令，每個出口由一名警探負責把守，監視來往客人。莫萊翁，你負責檢查客房……要有禮貌地檢查，不要搜查，也不要偵訊，維克多會協助你的。」

莫萊翁反駁道：「維克多不在這裡，處長。」

「在呀！」

「維克多？」

「對，風化組的維克多。我來的時候，還和他聊了兩句呢，當時他正在跟同事們和酒店櫃檯談話。把他叫過來，魯博。」

維克多來了，身穿緊身上衣，像往常一樣面帶慍色。

「維克多，原來你在呀？」莫萊翁問。

「我剛到，」維克多答道：「方才瞭解了一下情況。恭喜你抓住了英國人，這可是張王牌。」

「是呀，不過羅蘋……」

「羅蘋由我負責，如果不是你太心急，我早就把你的羅蘋給抓住了。」

「你在說什麼！他的同謀，馬可士．阿維斯托呢？」

「也一樣能抓到。這是我的一位好朋友，這個馬可士是位可愛的人物！而且非常厲害呀。他肯定是從你眼皮子底下溜走了。」

莫萊翁聳了聳肩。「如果這就是你想說的……」

「是的，就是這些。不過，我發現了一件小事……喔！微不足道的一件事……也許和你的案子沒什麼關係。」

「到底什麼事？」

「你的名單上有沒有一個叫莫汀的英國人？」

「有，艾爾維・莫汀，他出去了。」

「我看到他回來了。我向櫃檯打聽了他的情況，他付了一個月的房錢，但沒幾天住在房間裡，每星期只在下午時段出現一到兩次，總是有位戴面紗的高雅女士和他會面，兩人一起喝茶，她有時在大廳裡等他。這位女士方才在莫汀返回前來過，看到這裡混亂嘈雜遂又走了。也許我們應該傳喚英國人莫汀。」

「魯博，快去，把英國人莫汀帶來。」

魯博奔了出去，帶回一位先生，但此人顯然不叫艾爾維・莫汀，也根本不是英國人。

莫萊翁一下子就認出了他，驚奇地叫道：「怎麼？是你，菲利克斯・德瓦爾，古斯塔夫・紀堯姆的朋友！聖克盧的房地產商！是你裝成英國人？」

這位菲利克斯・德瓦爾，古斯塔夫・紀堯姆的朋友，聖克盧的房地產商，顯得十分狼狽。他試圖開玩笑，卻笑得虛僞。「是的……可不是嗎？在巴黎有個落腳的地方對我來說比較方便……尤其是去劇院的時候。」

「但爲什麼用另外一個名字？」

「一時心血來潮……不過你得承認這不關別人的事。」

「你接待的那個女人是誰？」

「一個朋友。」

「一個朋友，總是戴著面紗……也許是已婚的？」

「不……不……但她是有原因的。」

整件事看起來十分滑稽，但是爲什麼他顯得局促不安呢？爲什麼猶豫不決呢？

接下來沉默了一會兒。莫萊翁拿過旅館內部平面圖看了看，說：「菲利克斯．德瓦爾的房間也在四樓，離英國人比米士遇襲的冬季小客廳很近。」

戈蒂耶先生看了看莫萊翁，這巧合讓兩人震驚不已。難道菲利克斯．德瓦爾是第四名同謀？那個戴面紗來看他的女人，會不會就是巴爾達薩影院那個女人以及殺害艾麗絲．馬松的凶手呢？

他們兩人轉向維克多，維克多聳了聳肩，諷刺地說：「你們想得太遠啦，我跟你們說過了，這件事是次要的，頂多就是節外生枝。儘管這樣，也需要好好弄清楚。」

戈蒂耶要求德瓦爾聽從警方的安排。

「眞是好極了，」維克多總結道：「處長，我希望在接下來的哪天早上和您談談。」

「有新線索嗎，維克多？」

「我要向您解釋一些事，處長。」

維克多躲避開陪莫萊翁一起檢查酒店的任務，決定謹愼一點，通知巴茲萊耶夫公主爲好。英國人比米士被捕可能對她不利。

維克多溜進電話總機室，這時監聽命令已經取消了，他讓接線員幫忙撥通三四五號房的電話。

沒有人接聽。

「請繼續撥，小姐。」

還是沒人接。

維克多到櫃檯處詢問：「三四五號房的夫人是不是出去了？」

「巴茲萊耶夫公主？她退房了……大約一小時之前。」

維克多感到挨了當頭一棒。

「退房？……突然就離開了？」

「喔！不，所有的行李昨天就運走了，房費今天早上已付清。她走時只提了一只箱子。」

維克多沒再往下問。總之，亞莉姍卓・巴茲萊耶夫離開是天經地義的事，有誰會攔著呢？再說了，又有什麼理由逼著她等待維克多的批准呢？

儘管如此，維克多還是感到憤怒不已。羅蘋消失了，亞莉姍卓也失去蹤影……要到哪裡，如何才能找到他們呢？

譯註：

①法國文化中，如果酒店在底層有房間，房間號將以數字0開頭，因此這裡所說的四樓，房間號以3開頭。

chapter 9 巢穴

1

「只要再過一夜，就能彌補所有的損失。」維克多心想。第二天晚上老友拉爾莫那來看他時，他並沒有比往常更笑容可掬，卻顯得平靜而自信。

「不過暫擱而已，」維克多肯定地說：「我的計畫堅不可摧，只是表面被打亂罷了。」

「你想聽聽我的意見嗎？」拉爾莫那提議說。

「我知道你怎麼想的……你受夠了。」

「沒錯！太複雜了……很多事是警察不應該做的……有時候我會誤以為你投奔敵營去了。」

「要想成功，非得不擇手段。」

「也許是這樣，但我……」

「你厭惡這些事，那就別做了……」

「啊，我的老朋友，」拉爾莫那語氣堅決地說：「既然是你提議的，我接受。不過不是不做，因爲我欠你太多人情，我們先暫停吧！」

「你今天頭腦倒是挺靈光的，」維克多冷笑著說：「不管怎樣，我不能責怪你有顧慮。我會在刑事處再找個合作者，咱們就算扯平了……」

「找誰？」

「我不知道……也許是處長……」

「什麼？戈蒂耶先生？」

「也許……誰知道呢？警局在談論什麼？」

「和你在報紙上看到的差不多，莫萊翁可是歡欣鼓舞。就算他沒抓到羅蘋，不管怎樣也抓到了英國人，再加上那三個俄國人，功勞夠大了。」

「英國人還沒招？」

「和俄國人說的一樣。說到底，這三個人還巴望著羅蘋來救他們呢！」

「古斯塔夫・紀堯姆的朋友菲利克斯・德瓦爾呢？」

「莫萊翁正爲調查他而東奔西走，今天跑去聖克盧和歌爾詩，這線索看上去十分可靠，公眾也支持這條線索。菲利克斯·德瓦爾的涉入解釋了很多事情。總之，大夥兒都興奮地行動起來。」

「最後一件事，我的老朋友，一有德瓦爾的消息就立刻打電話給我，尤其關於他資產和生意上的消息。今天就到這裡吧！」

維克多沒有再出門。他喜歡這樣的階段，不用行動，可以好好思考整個案件，在眼前再現所有片段以整理出頭緒來。

星期四晚上，拉爾莫那向維克多彙報說：菲利克斯·德瓦爾的財務狀況非常糟糕，欠債又賭博……他單靠股票和極端的投機來維持生活，他的債主說他已經陷入絕境了。

「他被傳喚了嗎？」

「明天上午十一點，預審法官要審問他。」

「沒傳喚其他人嗎？」

「有，杜特雷夫人和紀堯姆夫人，要澄清幾件事。處長和莫萊翁會去旁聽的……」

「我也去。」

「你也去？」

「是的，通知戈蒂耶先生一聲。」

第二天早晨，維克多先去了劍橋酒店，請人帶他到已被封的菲利克斯·德瓦爾房間。然後他去了警察總局，戈蒂耶先生正等著他，他們和莫萊翁警長一起去了預審法官那裡。

沒過多久，維克多就表現出煩悶樣，失禮地連打哈欠。對他再瞭解不過的戈蒂耶先生不耐煩地說：「怎麼？維克多，既然你有話要說，那就說吧！」

「我是有話說，」維克多沒好氣地說：「但我要當著杜特雷男爵夫人和古斯塔夫・紀堯姆的面說。」

大夥兒驚奇地看著他。人們都知道維克多性格古怪但辦事認眞，對自己和別人的時間非常吝惜，他既然懇求當面對質，必定有不容置疑的理由。

男爵夫人首先被帶了進來，裹著服喪的黑紗。過了一會兒，古斯塔夫・紀堯姆也被帶了進來，如往常愉快微笑著。

莫萊翁毫未掩飾他的不滿。「好了，說吧，維克多，」他咕噥道：「又有什麼重要發現要宣布啦？」

「『發現』是沒有，」維克多鎭定地說：「但我想排除一些阻礙，糾正礙著我們調查進度上的一些錯誤和想法。整件事情得及時總結，以便好好進行下一步調查。在行動的第一階段，我已理清了糾纏國防債券的事實，而現在，面臨羅蘋的最後進攻，我們需要理清『簡陋小屋』凶殺案。此刻杜特雷男爵夫人、紀堯姆夫婦還有菲利克斯・德瓦爾這些相關人物都在場，可以完成這件事。很簡單，先提幾個問題……」

維克多轉向嘉蓓蕾・杜特雷。「夫人，請您誠實地回答，您認爲您丈夫的自殺算認罪嗎？」

她掀開了服喪的面紗，臉頰蒼白，雙眼哭得紅腫。她堅定地答道：「案發當晚我丈夫沒有離開過我。」

「是您肯定的證詞和別人的置信，」維克多說：「阻礙了我們瞭解眞相。」

「我說的就是眞相，不可能有別的了。」

「還有別的！」維克多回應。

他又對古斯塔夫・紀堯姆說：「事情的眞相你最清楚，古斯塔夫・紀堯姆。我們上次見面時就說過，你可以把謎團一下子解開。你願不願意說出來？」

「我自然願意，但我什麼都不知道。」

「你知道。」

「我發誓我什麼都不知道。」

「你不想說？」

「不是不想說，我眞的毫無所知。」

「那好吧，」維克多說：「由我來說。我很抱歉給杜特雷夫人帶來殘酷的傷害，但是她遲早有一天終會知道，還不如現在說出來。」

拒絕回答問題的古斯塔夫・紀堯姆，做出令人困惑的反對手勢。「警探先生，你正要做的事情會造成嚴重後果。」

「你若知道這件事後果嚴重，就等於知道我要說什麼。這些話，還是留給你自己說吧……」

維克多等著紀堯姆開口，但紀堯姆又沉默了。

維克多語氣堅決地說：「案發當晚，古斯塔夫・紀堯姆和他的朋友菲利克斯・德瓦爾在巴黎用餐。他們兩人經常結伴用餐消遣，因爲兩人都愛好佳餚美酒。但是，這頓晚餐太豐盛了，古斯塔夫・紀堯姆十點半回去時，頭腦已不大清醒了。在『十字路口』酒館裡，他又喝了一杯茴香酒，變得更加飄飄然。他勉勉強強開著車，沿著歌爾詩的公路行駛。他開到了哪裡？自己家門前嗎？他以爲是這樣，實際上他並不是在自己家門前，而是在一棟他住了十年的房子前面。他曾經無數次晚上從巴黎享畢佳餚就回到這裡，這天他又大吃了一頓，又一次回到這裡。他衣袋裡不是有鑰匙嗎？那把杜特雷索要的鑰匙，爲了這把鑰匙，兩家還鬧上了民事法庭。紀堯姆固執地隨身把鑰匙放在口袋裡，這樣別人就不可能找到。他現在拿來用不是天經地義嗎？他按響了門鈴，門房開了門。他進去時低聲咕噥著自己的名字，上了樓，拿出鑰匙，開門進去。他進了自己的家，很好，自己的家，自己的家，而不是別的地方。他雙眼矇朧，頭腦不清，可他不可能醉到認不出自己的公寓、自己的門廳吧？」

此時嘉蓓蕾・杜特雷站了起來，臉色慘白，她試圖小聲反駁什麼，但沒做到。

維克多鎮靜清晰地接著說：「他怎麼會認不出自己的臥室呢？同一個臥室，他轉動的是同一個門把手，打開的是同一扇門。房間昏暗，他以爲妻子正在裡面睡覺。她的眼睛半睜著……小聲咕噥著……她也產生了幻覺……這種幻覺任何東西都不能驅散……任何東西都不能……」

維克多停了下來，杜特雷男爵夫人痛苦的表情讓人感到害怕，可以猜想這些令她震驚的細節再度映現在她腦海中。她看了一眼古斯塔夫．紀堯姆，做出了恐懼的動作，轉過身去，捂著臉跪倒在座椅前。

房間裡陷入了一片靜默，無人站起身來反駁維克多講述的這件被男爵夫人所承認的駭人內情。嘉蓓蕾．杜特雷又用黑面紗蒙住了臉。

古斯塔夫．紀堯姆站在那裡，顯得有點尷尬。他半微笑著，一副滑稽樣。

維克多對他說：「是這樣，對吧？我沒有弄錯吧？」

紀堯姆不知到底應該承認，還是繼續扮演正人君子角色以挽救一個女人的名聲。最後，他終於慢慢地說出：「是……是這樣的……我當時喝醉了……我不清楚自己做了什麼……我第二天早上六點……醒來時才明白過來……我相信杜特雷夫人會原諒我的……」

他沒有接著說下去，而從瓦黎杜先生到戈蒂耶先生，從書記官到莫萊翁，大家先是一陣悶笑，然後終於忍不住狂笑出聲。古斯塔夫．紀堯姆自己也張開嘴無聲地笑了起來，這一經歷讓他在監獄裡保持了好心情，現在他一下子感到這件事有多麼滑稽。

他用抱歉的語氣，對跪在地上穿著一身黑的杜特雷夫人說：「您得原諒我……這不是我的錯……純屬偶然，是不是？自從那以後，我盡一切力量不引起別人懷疑……」

男爵夫人站起身來，維克多對她說：「我再次向您道歉，夫人，但是爲了公正，爲了您自己，我必須說出來。遲早有一天您會感謝我的……您看著吧……」

杜特雷男爵夫人羞愧得彎下了腰，臉蒙在黑面紗裡，一聲不響地離開了……

古斯塔夫・紀堯姆也被帶了下去……

2

維克多仍然保持著他的一貫嚴肅，用憐憫中夾著嘲諷的口吻說：「可憐的女人！正是她那天晚上對她丈夫的講述讓我捉住了線索。她回憶時特別激動……她說『我在他懷裡睡著的』，好像這是一件稀罕事，可就在同一天晚上，杜特雷卻對我說他不曾對妻子如此親熱。矛盾太明顯了，不是嗎？我觀察她時，突然想起引發杜特雷和紀堯姆兩家不和的鑰匙糾紛。這兩個思路互相碰撞，我的頭腦裡登時迸出了火花：紀堯姆是房東，過去曾在這房子裡住過，有房子的鑰匙。之後的一連串事情便可推理出來，正如我剛才所解釋的那樣。」

「那麼凶殺案又是？」瓦黎杜先生問。

「是杜特雷一個人做的。」

「可是電影院裡頭的女人呢？那個出現在艾麗絲・馬松公寓樓梯上的女人呢？」

「她認識艾麗絲・馬松，而且從馬松小姐那裡得知債券在萊斯科老頭手裡，杜特雷正在覬覦債券，打算把債券據爲己有。所以她也跟著去了。」

「去偷債券？」

「不，根據我所掌握的消息，她並不是盜賊，而是個有精神官能症、尋求刺激的人。她去那裡只是出於好奇想看看，正巧遇上了凶殺案，便急忙開車逃走了。」

「也就是逃到羅蘋那裡去了？」

「不是。羅蘋在史特拉斯堡失手後，若繼續追逐國防債券，事情就會順利得多。不，他只對那一千萬感興趣，他的情人應該是單獨行動的。杜特雷可能根本沒有看到她，他殺了人後就跑了，不敢回家，整夜在馬路上閒逛，黎明時去了艾麗絲．馬松家。不久之後，我造訪男爵夫人家，她由於誤會，毫不知情地奮力爲丈夫辯護，對我確認說丈夫整晚都沒離開過她。」

「但是這個誤會，杜特雷並不知情啊……」

「當然囉，到了下午，儘管一切跡象俱將懷疑矛頭指向他，但他的妻子還是爲他辯護，他就曉得了。」

「他怎麼曉得的？」

「是這樣的，我和他妻子的談話被門外那位老女僕安娜聽見了，安娜買東西回來後被一名蹲守的記者注意到，把聽見的話轉述出去。記者據此寫了一小篇文章，刊登在一份不起眼的晚報上。豈料四點鐘的時候，杜特雷在巴黎北站附近買了這份報紙，吃驚地發現妻子給他作了不在場證明，於是他決定不走，把贓物藏起來，展開了與警方的周旋。只是……」

「只是什麼？」

「當他明白妻子的證詞是怎麼回事，以及她妻子固執己見的原因時，他感到有苦難言，就毒打了她一頓。」

維克多最後說：「我們現在知道由於古斯塔夫・紀堯姆誤闖之故，杜特雷男爵才獲得不在場證明。當我們知道紀堯姆何以爲了一項他沒犯的罪過而成爲同謀時，『簡陋小屋』的案子就能破了，而我們不久便會知道。」

「怎麼知道？」

「紀堯姆的妻子安麗葉・紀堯姆會告訴我們的。」

「她已經被傳喚來了。」瓦黎杜先生說。

「請把菲利克斯・德瓦爾也一起帶上來，法官先生。」

安麗葉・紀堯姆首先被帶上來，隨後是菲利克斯・德瓦爾。

安麗葉看起來十分疲倦，預審法官請她坐下，她含混不清地說著感謝話語。

維克多走近她，彎下身，彷彿撿起來什麼東西，是一只赤褐色的波浪形小髮夾。他仔細看了一下，安麗葉不由自主地奪了過去，戴在頭髮上。

「這是您的嗎，夫人？」

「是的。」

「您確定嗎？」

「確定。」

「事實上，」維克多說：「這只夾子不是我在這裡撿到的，而是在劍橋酒店菲利克斯・德瓦爾的房間裡找到的，原本放在裝著其他夾子和小玩意的水晶杯裡。您把髮夾掉在了您和他幽會的酒店裡，您就是菲利克斯・德瓦爾的情婦。」

突襲策略是維克多的拿手好戲，他的進攻總是讓人猝不及防。

安麗葉・紀堯姆滿臉驚愕，試圖反駁，但維克多又給了她致命一擊。

「請別否認，夫人，這樣的證據我這邊還有二十項哪！」維克多自信十足地說，而實際上他別無證據。

安麗葉・紀堯姆徹底輸了，她不知如何反駁，也不知靠什麼反駁，於是把目光轉向菲利克斯・德瓦爾。德瓦爾一聲不吭，臉色蒼白，這一猛烈攻擊也使他張皇失措。

維克多接著說：「整起事件中，既有偶然，也有邏輯。菲利克斯・德瓦爾和紀堯姆夫人選擇劍橋酒店幽會，而這個街區正是亞森・羅蘋活躍的街區，這一點純屬偶然……只不過是巧合。」

菲利克斯・德瓦爾向前走一步，義憤填膺地指手畫腳說：「警探先生，我不允許你指控一位我尊敬的女士……」

「得了吧，別開玩笑了，」維克多說：「我只列舉幾項容易證實的事實，你大可提出反對意見。如果預審法官知悉你是紀堯姆夫人的情夫，他會考慮你是否努力讓自己情婦的丈夫成爲嫌犯，以便從中牟利。他還會考慮是不是你打電話給莫萊翁警長，建議他去搜古斯塔夫·紀堯姆的書桌，是不是你讓情婦打空了手槍的兩顆子彈，是不是你把園丁艾弗雷安排在你朋友紀堯姆家裡，是不是你賄賂他翻供，讓他作不利於紀堯姆的僞證。」

「你瘋了！」菲利克斯·德瓦爾嚷叫道，他的臉氣得通紅，「我有什麼動機做出這樣的舉動？」

「你已經破產了，先生，而你的情婦富有得很，如果她的丈夫涉嫌犯罪，離婚就更容易啦！我並不是說你會贏，而是說你一頭栽進這件事情中來，就像個窮途末路的人孤注一擲。至於證據……」維克多轉向瓦黎杜先生，「預審法官先生，刑事處的任務就是爲司法提供可靠的證據。證據應該很容易找到，我相信這些證據會支持我的結論：杜特雷有罪，紀堯姆是無辜的，菲利克斯·德瓦爾企圖誤導司法部門作出錯誤判斷。我要說的都說完了，至於艾麗絲·馬松謀殺案，我們以後再說。」

維克多不再說話。他的發言給在場人士留下了深刻的印象，菲利克斯·德瓦爾顯出藐視的樣子，莫萊翁點了點頭，法官和戈蒂耶先生爲維克多雄辯的說法而震撼。維克多把菸盒遞給預審法官和戈蒂耶先生，這兩人漫不經心地接過菸，用打火機點燃，然後走了出去，讓其他人各忙各的。

在走廊裡，戈蒂耶追上維克多，激動地握住他的手說：「你剛才真是不得了，維克多。」

「處長，如果不是可惡的莫萊翁攪局，我會更不得了的。」

「怎麼回事？」

「當時我正監控著整個歹徒集團，他突然帶大隊人馬來酒店。」

「這麼說你也在酒店裡？」

「當然啦，處長，我就在客房裡。」

「和英國人比米士在一起？」

「可不是。」

「但當時只有祕魯人馬可士・阿維斯托。」

「那個祕魯人，就是我。」

「你說什麼？」

「是眞的，處長。」

「不可能！」

「哪裡不可能，處長。馬可士・阿維斯托和維克多，就是同一個人。」維克多握住戈蒂耶的手，補充道：「再見，處長。再過五、六天，我就能把莫萊翁捅的婁子補過來，並抓住羅蘋。但是千萬別告訴任何人，否則整個計畫就完了。」

「可是你得承認……」

「我承認我有時做得稍微過火，但這是您的優勢，處長。給我自由行動的權利吧！」

維克多在一家小餐館吃午餐，心情甚是愉快。擺脫了對「簡陋小屋」殺人案、杜特雷夫婦、紀堯姆夫婦和菲利克斯・德瓦爾的思考與猶豫不決，就像處理歐迪格朗和打字員艾妮絲蒂娜、莎桑太太那樣，把這些人交給警察局，維克多感覺放鬆許多。他總算可以致力於他的任務，沒有任何模稜兩可的事了！沒有任何第三方的錯誤把戲了！沒有莫萊翁來攪局了！也沒有拉爾莫那！無需依靠任何人了！羅蘋和亞莉姍卓，亞莉姍卓和羅蘋，只有這兩個人才是重要的。

維克多來回跑了兩趟辦了點事，之後又變回祕魯人馬可士・阿維斯托。兩點五十五分，他進入聖雅克廣場。

3

自從劍橋酒店騷亂以來，維克多無時無刻不在想：他和巴茲萊耶夫公主在酒店分開時約好的，如果之後不能在酒店會合，就在廣場見面。她會現身嗎？他不相信自己在重要時刻冒險幫她一把之後，她會拒絕與他見面。維克多給她留下了精明果敢、有用、忠誠的印象，公主定會再次受他吸引而前來。

他等待著。

一群孩子玩著沙子，幾位老婦人在樹蔭下或塔影下織毛衣或打瞌睡，一個男人正坐在一張長椅上讀著報紙。

十分鐘過去了，十五分鐘過去了，二十分鐘過去了。

三點半的時候，維克多焦慮起來。她到底會不會來？她難道決定割斷他們兩個之間的聯繫嗎？難道她已經離開巴黎，離開法國了嗎？如果真是這樣的話，如何才能找到她呢？如何才能找到怪盜羅蘋呢？

維克多的焦慮只持續了片刻，就被滿意的微笑所替代，不過他把頭轉向另一方，隱藏起了高興的表情。對面那個拿著報紙，只露出兩條腿的男人，這不是……？

他又等了五分鐘，然後站起身，慢慢往廣場出口走去。

這時一隻手搭在他肩膀上。拿報紙的男人走到他面前，客氣地對他說：「請問是馬可士・阿維斯托先生嗎？」

「正是……您大概是亞森・羅蘋吧？」

「是的，在下亞森・羅蘋……化名安托萬・布萊薩克。我是亞莉姍卓・巴茲萊耶夫公主的朋友。」

維克多立刻認出來了，這正是他那天晚上在劍橋酒店遇見的那位和比米士在一起的男人。教維克多最感吃驚的是此人深灰色眼眸中流露出的堅毅和坦誠，這份堅毅讓臉上的和善微笑和想討好對方的表現欲給沖淡不少，他外表相當年輕，約四十歲上下，胸膛寬闊，看似強壯矯健，下頜和面部稜角分明，衣服裁剪非常合身。

「我在劍橋酒店見過您。」維克多說。

「喔！」布萊薩克笑著說：「您還有過目不忘的能力呀？實際上，我負傷逃到比米士第二個房間之前，去過幾次大廳。」

「您的傷怎麼樣了？」

「沒什麼要緊，只是有點疼，而且礙事。實在太感激了，您去通知比米士時，其實那時我康復得差不多啦。」

「康復到能襲擊比米士的地步？」

「當然！他拒絕把您簽署的通行證交給我，但我並沒想要下那麼重的手。」

「他還沒招供？」

「唉，沒有！他還指望我呢。」

他們兩人沿著雷弗利路往前走。

布萊薩克的汽車就停在那裡。

「我們打開天窗說亮話，」他突然說：「就這麼定了吧？」

「定什麼？」

「我們的合作。」布萊薩克愉快地說。

「當然。」

「你住在什麼地方？」

「自從離開劍橋酒店，就沒有固定住處。」

「今天呢？」

「住在多孟德旅館。」

「我們走。去拿你的行李，到我那兒住。」

「事態緊急嗎？」

「緊急得很哪，一樁千萬法郎的大案正在醞釀中。」

「公主呢？」

「她正在等你。」

他們上了車。

*　　　*　　　*

維克多從多孟德旅館取回了自己的行李。

他們離開巴黎，抵達納依區。

魯勒大街的盡頭和某條街的拐角處，有一棟別致的三層小樓，小樓前後分別設置院子和花園。

「這只是個簡單的落腳點，」布萊薩克邊停車，邊說：「我在巴黎有十幾棟。只是個簡單住處，傭人也少。你住在三樓工作室，挨著我的房間，公主住在二樓。」

工作室面朝大街，裡面陳設著豪華的扶手椅、一張沙發床和擺滿了精選書籍的書櫃，讓人感到格外舒適。

「這有哲學書……回憶錄……和所有關於亞森・羅蘋探險的書，能助你入睡。」

「我對這些故事瞭如指掌囉！」

「我也是，」布萊薩克笑著說：「對了，你要這棟房子的鑰匙嗎？」

「做什麼用？」

「如果你需要外出的話……」

他們對視了片刻。

「我不會出門的，」維克多說：「我喜歡在兩回探險之間靜靜心，尤其是當我不知道下一次面臨什麼樣探險的時候。」

「今晚用完餐，你想不想知道下一次探險？……爲了方便和謹愼起見，晚餐我們就在公主的小客廳裡用。我總會在房子底層裝設一些機關，好應付警察的來訪和可能發生的打鬥。」

維克多打開行李，抽了幾根菸，用熨斗仔細地熨過無尾長禮服的褲子，換好了衣服。八點時，安托萬・布萊薩克來喚他用餐。

亞莉姍卓・巴茲萊耶夫優雅地接待了維克多，熱情地感謝維克多在劍橋酒店爲她和她朋友所幫忙的一切。但她很快沉默下來，沒說到兩句就停住話，光是聽著，一副心不在焉的樣子。

維克多的話也不多，只講了兩三次他扮演主角且表現不俗的探險故事。布萊薩克顯得興致高昂，喜洋洋地講述著自身傳奇經歷，竭力突顯俠盜的厲害，言語中既譏諷又帶著誇嘴般的詼諧。

用完晚餐後，亞莉姍卓端上了茶、利口酒和香菸，之後躺在長沙發上，沒有再動。

維克多坐在了一張軟皮沙發上。

他心裡著實得意，一切全按照他預見的樣子發展，甚至是他計畫的步驟發展。首先成爲亞莉姍卓的同謀，漸漸滲透到這個集團內部，展現自己機智和忠誠的特長，如此順利成爲亞森・羅蘋的親信和同謀。他的角色吃重，羅蘋需要他，請求與他合作。命中注定，事情會按照他的心意發展。

「他上鉤了……他上鉤了……」維克多心想，「不過我千萬不能犯任何錯誤……不能有任何多餘的微笑、笨拙的語調，否則一切就全完了。」

「準備好了嗎？」布萊薩克愉快地說。

「洗耳恭聽。」

「啊！先問一個問題，你有沒有猜到我想把你帶到哪個方向？」

「大體猜到了。」

「也就是說？」

「也就是說我們要果斷地拋棄過去，像是國防債券、『簡陋小屋』殺人案，報紙上那些囉嗦的話，司法部門和公眾的幻想，所有這一切都結束了，以後再也不提了。」

「等一下，沃吉哈爾街凶殺案呢？」

「一樣結束了。」

「司法部門可不這麼想。」

「我是這樣想，在這件事上我有自己的看法，以後會告訴你們。現在，我們眼前只有一件要考慮的事，一個目標。」

「哪個目標？」

「一千萬法郎這件事，你在寫給巴茲萊耶夫公主的信中提到過。」

安托萬・布萊薩克高嚷道：「太好了！什麼都逃不過你的眼睛，你對這件事瞭若指掌唷！」

他兩腿岔開跨坐在椅子上，面對著維克多，向他講述起來。

chapter 10 A. L. B. 文件

1

「首先我要對你說，媒體熱烈討論卻沒作出任何像樣推測的一千萬法郎這檔事，是比米士告訴我的。他在戰後娶了個雅典女人，她是一名年輕打字員，爲希臘富豪工作。後來她死於火車事故，死前曾和比米士提過她的老主顧，這引起了比米士的高度注意。

「情況是這樣的，希臘人害怕本國貨幣垮台，就轉換了他的財富，一方面購入大量的證券和位於雅典的房產；另一方面，在埃比①，尤其是在阿爾巴尼亞購置了大片地產。因此，建立了兩份文件，第一份是關於前一半財富，以證券形式寄存在一家英國銀行裡——這份文件叫做『倫敦文件』，另一份是關於所有地產的『A. L. B. 文件』，毫無疑問A. L. B. 代表阿爾巴尼亞

（ALBanie）。據打字員所說，這兩份文件涉及的價值相當，都是一千萬。然而，倫敦文件體積不小，而A. L. B.文件卻僅放在一個小包裹裡，密封起來用繩綑住，只有二十到二十五公分長。希臘人把它鎖在自己抽屜裡，或是放在旅行包裡。

「A. L. B.文件的一千萬財產以何種形式存在？這是個謎。打字員因結婚而辭職離開老闆，在此之後希臘人怎麼樣了？這又是個謎。三年前我和比米士相遇時，他也說不清楚。

「我的國際組織使我能夠更主動地展開長期有效的調查。我找到了寄存著前一半財富的倫敦銀行，並查到這家銀行把利息付給一位住在巴黎的X先生。我花了很大工夫查到這位X先生是德國人，後來又找到他的地址，最後才發現這個德國人和希臘富翁原來是同一個人。」

說到這裡，安托萬・布萊薩克停了下來。維克多認眞地聽著，沒有提出任何問題。亞莉姍卓雙眼閉著，像是睡著了。

安托萬・布萊薩克接著說下去。

「一家我信得過的偵探社縮小了我的調查範圍。我得知希臘人病了，四肢行動不便，從不離開公館。他住在一樓，僱了兩名偵探保護，另外有三個女傭人，住在地下室。

「這些信息都很寶貴。此外，我還獲得了另一條更重要的消息，我弄到了房子裝修時的帳單複印本，其中一份是關於電鈴，也就是安全裝置的安裝費。整個公館的百葉窗都毫無例外地安裝了一套看不見的系統，稍微輕輕一碰就會發出鈴響。我很清楚，如此小心謹愼，無非是因爲心裡有所忌憚，或是家裡藏著什麼寶貝。如果不是A. L. B. 文件，還會是什麼呢？」

「毫無疑問。」維克多肯定地說。

「只不過，文件藏在哪裡呢？一樓？我不這麼認爲，因爲一樓是希臘人日常和別人生活的地方，至於二樓則是空的，而且關閉著。不過我從一位被辭退的女傭人那裡得知，希臘人每天都會讓人把他送到三樓，也就是最頂層。那層有間寬敞的房間，布置成了書房，他每天都在書房裡獨自待上一整個下午，那裡放著他的文件、書籍和自己最愛的兩個人——女兒和外孫女的遺物……掛毯、肖像畫、孩童玩具、各種擺設等等。根據老女僕的描述，我耐心地畫出了房間的平面圖（布萊薩克展開平面圖）：這是書桌，這是電話，這是書櫃，這是擺放紀念品的架子，這是壁爐，上面有一塊活動玻璃。打從發現這地方有扇玻璃窗的那天起，我就開始籌劃這次行動了，我來解釋給你聽。」

他拿著一枝鉛筆，在一張紙上畫了起來。

「公館位置有點偏離，座落一條大道上，被一個狹窄的院子，更確切地說是一個路邊公園和高高的鐵柵欄分開。公館兩邊是圍牆，右邊是一片待售的空地，長滿了灌木叢。我曾成功地鑽進了這塊空地，一抬眼就看到那扇玻璃窗。我隨即開始了準備工作，現在差不多快完成了。」

「接下來呢？」

「接下來就指望你了。」

「爲什麼指望我？」

「因爲比米士在牢裡，而且我從你的表現中看出你絕對做得來。」

「條件是什麼？」

「事成之後你拿四分之一。」

「如果是我找到A. L. B.文件，我拿一半。」維克多要求道。

「不行，三分之一。」

「一言爲定。」

兩人握起手來。

布萊薩克開懷大笑。

「兩個商人，兩個金融家在達成一筆大生意時經常會在公證人面前簽合同，而誠實如我倆，只需光明正大地握一下手就夠了。從現在起，我知道你絕對會全力以赴，而我也會嚴格信守約定。」

維克多不是個感情外露的人，他沒有開懷大笑，僅是微微一笑。布萊薩克問他爲什麼不笑，維克多回答：「兩位金融家和商人只有在對生意瞭如指掌時才會簽協議。」

「那麼？」

「我還不知道我們的對手叫什麼名字、住在哪裡，以及你要採取的方法和行動的日期。」

「你的意思是……」

「這意味著你不信任我，太令我感到驚訝……」

布萊薩克猶豫了一下，說：「這算是你提出的條件之一嗎？」

「不是，」他說：「我沒有任何條件。」

「那好，我有。」亞莉姍卓此時突然插話，似剛從夢中醒來，她靠近布萊薩克和維克多說：「我有一個條件。」

「什麼條件？」

「我不願見到有人流血。」

2

亞莉姍卓這番話是衝著維克多說的，而且語氣強烈，不容商量。

「您剛才說過『簡陋小屋』和沃吉哈爾街凶殺案都告結束了。不，還沒結束呢，因爲我還會被質疑是殺人凶手，而您也可以自由行動，做出您懷疑我和安托萬．布萊薩克做過的事。」

維克多沉著地說：「我並沒懷疑您和布萊薩克做過什麼，公主。」

「不對。」

「那我認爲你們做過什麼？」

「我們殺了艾麗絲．馬松，至少可說是我們的一個同夥殺的，我們要對她的死負責。」

「不是這樣。」

「但是，司法部門和社會大眾肯定都這麼認為。」

「我可不這樣認為。」

「那麼殺她的還會是誰呢？想一想吧，有人看到一個女人從艾麗絲・馬松家裡走出來，這個人應該就是我。實際上，這個人的確是我。這樣一來，人怎麼可能不是我殺的？只有我一個人揹有嫌疑。」

「這是因為唯一知道眞凶的人還沒有膽說出來。」

「哪個人？」

維克多認為應該明白回答這個問題。他要求安托萬・布萊薩克立即交代行動細節，這促使他必須再一次顯露自己的本事，勝過他們一籌。

「那個人是誰呢？」他回應道：「他就是風化組的維克多警探。」

「您想表達什麼？」

「你們可能認為我說的純屬推測，但這是確鑿的事實，是我根據事件發展和報紙上的報導一點一點所推理出來。你們都知道我是如何看待維克多警探的，他雖稱不上是什麼非凡人物，卻也算是一流的警察。不過警察終究還是警察，就像他的同僚一樣，是個常人，有缺點，也會犯錯。凶殺案那天上午，他和杜特雷男爵一道去艾麗絲・馬松家進行初回偵訊，他犯了一個任何人都沒注意到的錯誤，正是這個錯誤造成了以後的謎團。維克多一下樓，就讓男爵進了自己車裡，然後請一名警員看著男爵，他自己則進了一樓的咖啡館，打電話回警察總局要求再派兩名警察過來。他交代那名警員監視大門，在艾麗絲・馬松未經仔細偵訊之前不得出門。」

「請繼續講下去。」公主激動地低語。

「電話花了一陣子時間才打通，就在他打電話的這十五分鐘裡，男爵自然會產生一個想法——當然，不是逃跑，逃跑又有什麼用呢？不如回到他情婦那裡。又有誰會攔著他呢？維克多正忙著打電話，警員正忙著指揮交通，再說了，警員只能勉強瞄到汽車頂棚下的男爵。」

「但是他爲什麼要回去情婦那裡？」安托萬・布萊薩克仔細地聽著，一面問道。

「爲什麼？煩你們回想維克多警探描述之下艾麗絲・馬松房間的那一幕。當艾麗絲知悉馬克西姆・杜特雷被指控殺人罪名而非偷竊的時候，她顯得極度惱怒，維克多警探把她的憤怒視爲恐懼。她的情人偷了債券，這一點她心知肚明，但絲毫沒想到他竟會殺死萊斯科老頭，她不禁開始害怕這個男人，也害怕法律的制裁。杜特雷看透她的想法，他料準這女人會去揭發他，正因爲這樣他才想再見她，和她談談，再說他也擁有公寓的鑰匙。他問起情婦打算怎麼辦，情婦語出威脅，杜特雷抓狂了。他會如此受人擺布嗎？債券已在自己手裡，眼看就快要達成目標，反正早已殺了一個人，難道到這兒要功敗垂成嗎？於是他動手滅口，殺死了自己深愛的女子，因爲她的突然背叛讓杜特雷心裡湧起了憎恨。一分鐘後，他回到了維克多的車裡，交通警員沒察覺異狀，警探維克多也絲毫未起疑心。」

「那我呢……？」公主小聲說。

「您在一、兩小時後去艾麗絲・馬松那裡打聽案情，發現了凶手忘了抽走的鑰匙。於是您走進房間，看到艾麗絲平躺著，被您送給她的橙綠色圍巾勒死了。」

亞莉姍卓情緒激動地說：「啊，就是這樣……就是這樣，整個事實就是這樣……圍巾垂落在屍體旁邊的地毯上……我把它撿起來……我真的嚇傻了，的確是這樣……就是這樣。」

布萊薩克亦表贊同地說：「是的……沒錯呀……事情就是這樣發生的，杜特雷才是凶手，那個交通警員沒敢承認自己的疏忽。」

他拍了拍維克多的肩膀說：「你果然厲害，我終於碰到了一個信得過的夥伴……馬可士・阿維斯托，咱們合作肯定能辦成大事。」

頃刻間，布萊薩克像是卸下了所有防備心。

「那個希臘人名叫塞里福斯，他住在離這兒不遠的布洛尼森林附近，麥佑大道九十八號B座，我們的行動將在下週二晚上進行。到時候我會弄到一架能伸展到十二公尺的特殊梯子，靠著梯子爬上他家，到了以後再打開前廳大門，把在外面把風的三個同伴放進去。」

「鑰匙在大門背面嗎？」

「好像是。」

「但這個地方應該有電子警報器，我們一開門就會響起來。」

「是的。但所有的裝置都是爲了防備別人從外部入侵所設計，而我們是從內部開啓，又能看到警報器，我只需要關掉它就行。之後，咱們的人會把睡得正熟的守衛綁起來，我們時間綽綽有餘，可以先到一樓房間裡搜查，接著去三樓的書房大搜特搜，贓物八成就藏在那裡。你看怎麼樣？」

「沒問題。」

布萊薩克和維克多兩人再次握手，這回比上次熱情加倍。

行動前的幾天對維克多來說格外美妙，他嘗到即將勝利的滋味，不過仍保持一貫審愼，他沒出過門，沒寄送過任何信件，也沒撥出半通電話。這些表現顯然使布萊薩克更加信任維克多，儘管在某些時刻維克多的主動性和洞察力過於崢嶸，好在他又回到自己眞正的位置，雖與布萊薩克聯手，卻處於下屬地位。準備工作和決定全是安托萬·布萊薩克說了算，對於維克多來說，他只是聽從安排而已。

能夠仔細觀察這個令人生畏的對手，研究他的行動方式，近距離親睹家喻戶曉但從無人見過其眞面目的羅蘋，對於維克多來說是多大的樂趣啊！能夠仔細籌劃之後打入敵人內部，並獲得布萊薩克的完全信任，還知道了他的一切計畫，這對於維克多來說又是多大的滿足啊！

不過有時候，維克多也會感到擔憂。

「他可能耍我嗎？我會不會掉入自己設的陷阱裡？像他這樣精明的人難道會如此容易上當？」

其實維克多多慮了，布萊薩克眞是全然信任他，維克多每天都能找到一堆證據證明這回事，而最明顯的證據就是亞莉姍卓的舉止了，他們每天下午都一起度過。

她現在十分放鬆，親切又愉悅，彷彿對維克多揭示出眞正殺人凶手表示感激。

「我就知道『人不是我殺的』，是不是？如果眞的被發現了，我至少還能說自己沒殺人，這對我來說是一種解脫。」

「您怎麼會被發現呢？」

「誰知道會發生什麼事呢……」

「當然知道，您的朋友布萊薩克絕不會讓任何人碰您的。」

她沉默了一會兒，她對自己情人的感情令人難以琢磨。維克多看到她有時無動於衷、心不在焉的樣子，不禁開始懷疑布萊薩克到底是不是她的情人，還是她只把他當成一個朋友，一個能滿足她尋求強烈刺激感的最佳冒險夥伴？是不是「亞森・羅蘋」這響亮名號吸引了她，讓她留下來？

豈料於行動的前一天晚上，維克多無意間看到他們兩人相擁，雙唇相觸……

他感受到一股難以控制的惱怒，而亞莉姍卓卻毫無拘束地笑了起來。

「您知道我爲什麼施展渾身魅力向這位先生示好？全是爲了讓他心甘情願的同意，讓我明天晚上和你們一塊去。這明明是順理成章的啊！唉，他偏不同意……說女人只是累贅……只要有女人在，一切便有可能失敗……有些危險該避則避……總之，一大堆歪理。」

公主香肩裸露在曲線畢露的緊身上衣外，滿臉熱情地懇求維克多說：「說服他，我親愛的朋友。我也想去……因爲我喜歡冒險……其實我喜歡的不是危險，而是恐懼……對，恐懼……這種令人感到頭暈目眩的恐懼……我鄙視那些膽小的男人，他們全是儒夫。而我自己的恐懼卻比任何東西都令我陶醉。」

維克多開玩笑地對安托萬·布萊薩克說：「我想治癒這種熱愛恐懼的妙方，就是讓她見知任何情況皆不足以令她產生恐懼。和你我在一起，她是體會不到恐懼的。」

「算了！」布萊薩克興高采烈地說：「就照她的意思辦吧！她愛怎樣就怎樣。」

3

第二天，午夜剛過不久，維克多就在樓下等待。

亞莉姍卓身穿一件緊身灰裙，歡快地與維克多會合。她看起來青春洋溢、活力四射，不像一個去冒險的女人，倒更像一個去參加派對的小女孩。但她蒼白的臉色和明亮的眼眸讓人感到她的喜悅隨時可能變成恐懼。

她拿出一只小瓶子給維克多看。

「是毒藥……」她微笑著說。

「做什麼用？」

「解脫牢獄之災。死我不怕，但是進監獄，絕對沒我的份。」

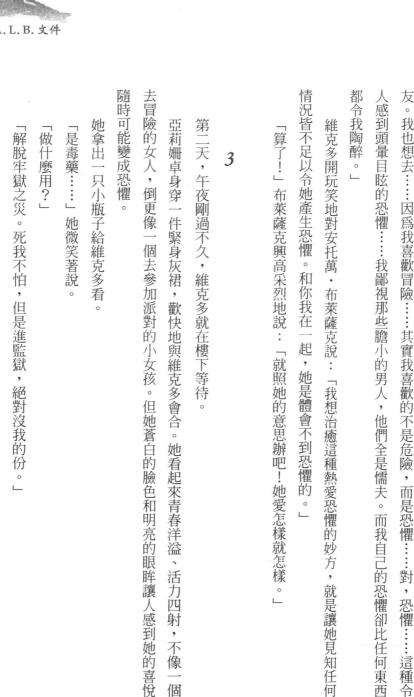

維克多從她手中奪過小瓶子，打開瓶塞，把裡面的藥倒光在地上。

「您既不會死，也不會進監獄。」他說。

「憑什麼下這樣的定論？」

「這是事實。只要有羅蘋在，我們既不會死，也不會進監獄。」

她聳了聳肩說：「他自己也可能失手。」

「您要完全信任他。」

「是呀……是呀……」她咕噥道：「但是這幾天來，我有預感……我作了噩夢……」

這時門鎖響了一下……門從外面開了，安托萬．布萊薩克剛完成最後的準備工作返回。

「一切準備妥當囉！」他說：「亞莉姍卓，妳還堅持要去嗎？妳知道，梯子很高的，我們登上去後梯子會晃。」

她沒有回答。

「你呢？我親愛的朋友？你對自己有信心嗎？」

維克多也沒有回答。

他們三個出發了，納依區街道冷清清的。他們沒有說話，亞莉姍卓走在兩位男士中間，步履輕盈有節奏。

夜空晴朗無雲，佈滿星星，籠罩著地面燈光照射下的屋舍和樹木。

他們拐進了與麥佑大道平行的夏爾・拉斐特大街。從大道到大街的路旁，沿路可見好幾棟隱身於庭院和花園中的宅子透著幾許燈光。

其中一棟房子由一塊老舊的木柵欄圍著，門沒有關牢，從外面能看到裡面空地上的灌木叢和樹木。

他們閒逛了半個小時，以確保沒有任何礙事的過路人。隨後，維克多和亞莉姍卓把風，安托萬・布萊薩克用自己配的鑰匙將鎖打開，微微推啓一扇門。

他們三人鑽了進去。

周圍都是樹木，荊棘扎刺著皮膚，地上到處是建築物拆卸下來的大石塊。

「梯子放在左邊牆上。」布萊薩克輕聲說。

他們走了過去。

梯子分爲兩部分，由導軌連接起來，用繩子加固，組成一架輕便的長梯。

他們把梯子豎起，扎進沙礫裡立穩，之後把梯子倚著兩家分界線的牆面，然後慢慢地，小心翼翼地將梯頂靠在希臘人塞里福斯公館的三樓。

房子的這一邊窗板全封上，沒透出半點燈光，只隱約看到一面長方形玻璃窗。布萊薩克在黑暗中摸索著把梯子頂端移至那裡。

「我先上去，」布萊薩克說：「亞莉姍卓，我進去後，妳就跟上。」

說完他迅速地攀爬上去。

梯子晃動起來，大概布萊薩克在這柔弱的梯子上是跳躍著向上爬的。

「他爬到頂端了，」維克多小聲說：「他會切下一小塊玻璃，打開窗戶。」

一分鐘後，他進去了，隨即俯身看他們，兩臂緊緊扶著梯子。

「您害怕了？」維克多問。

「有一點兒，」她說：「這感覺眞美妙，但願我雙腿不要變軟，頭不要暈！」

她爬了上去，開始時爬得很快，但突然停了下來。

「她腿軟頭暈了。」維克多心裡想。

她在那裡停了一分多鐘，布萊薩克低聲鼓勵她，最後她終於爬了上去，跨過窗戶邊緣。

行動前的最後幾天，維克多在布萊薩克的巢穴裡反覆對自己說：「這兩個人都在我的手心裡。我有戈蒂耶先生的電話，只要一通電話，就會有人來抓他們，連莫萊翁都不知道。逮獲罪犯的一切功勞將全歸於風化組維克多警探。」

但他並沒有這樣做。因爲維克多想在羅蘋作案時當場逮住他，像對付其他小偷一樣，在他伸出賊手時當場人贓俱獲。

現在不正是理想時刻嗎？他們兩個不正被困在陷阱裡嗎？

然而，維克多仍猶豫不決，布萊薩克在上面催促，維克多讓他等一會兒，自己咕噥道：「你還挺著急，我的老兄！看來你和你的朋友是不怕進牢房啊？好吧，就讓你玩得痛快……行動吧……去拿那一千萬吧，這是你最後一個豐功偉績了。之後，羅蘋，你就要戴上手銬啦……」

維克多爬了上去。

譯註：

①埃比（Epire），位於愛奧尼亞海東海岸，在今阿爾巴尼亞南部和希臘西北部。

chapter 11

焦慮

1

「啊，親愛的朋友，你怎麼磨蹭這麼久才上來？」布萊薩克在維克多爬上窗台時問道。

「沒什麼，我在仔細聽。」

「聽什麼？」

「我習慣傾聽各種動靜……無論何時都得豎起耳朵，保持戒備。」

「好了，別玩過火啦！」布萊薩克說這話時，流露出對維克多過度審慎的一絲輕蔑。

然而他自己也不遑多讓，小心地用手電筒在房間裡照了一圈。他看到牆邊掛著一張舊掛毯，便跳上一把椅子把它取下來，覆蓋住壁爐上那塊玻璃窗。這樣一來，所有窗口全被封起來了。他啓動開關，燈隨即亮起。

然後他抱起亞莉姍卓，輕盈無聲地跳起康康舞和快步舞來。

亞莉姍卓展露微笑，羅蘋行動時表現出來的慣常作風讓她感到非常有意思。

維克多這廂卻皺起眉頭，坐了下來。

「哎呀！」安托萬饒有興致地說：「怎麼坐下來了？工作怎麼辦？」

「我這不是在工作嘛。」

「你工作的方式可眞奇特……」

「還記得有一次冒險……我忘記哪一次了，那是一次夜間行動，在某位侯爵的書房裡，你只瞧一眼書桌就發現了其中隱藏的抽屜暗格①。我趁你們跳舞時，先觀察一下這間屋子……我這是學習你的作風，羅蘋！這方法最好不過了。」

「我的作風是速戰速決，我們只有一個小時的時間。」

「你確定那兩個以前做過偵探的守衛不會巡邏嗎？」維克多問。

「不會，不會的，」布萊薩克篤定地說：「如果希臘人讓守衛來這房間巡邏，不等於透露出這個房間裡藏著寶貝啦？我去替我手下開門，給那兩個守衛來個措手不及。」

他讓亞莉姍卓坐下，俯身問道：「妳一個人待在這裡不會害怕吧？」

「不會的。」

「啊，只要十分鐘就好，最多十五分鐘。一切都要做得乾淨俐落，不能拖泥帶水。妳想要我們的朋友陪在妳身邊嗎？」

「不，不用，你們去吧，我自己休息一會兒。」

羅蘋察看了一下公館詳細格局圖，隨後輕輕地打開了門。他們順著走廊式前廳來到另外一扇大門前。這扇門平日希臘人塞里福斯來書房工作時會關上，鑰匙就在鎖眼上掛著。他們來到了樓梯頂層，整座樓梯被樓下光線隱隱約約地照亮。

他們小心翼翼地下了樓。

憑藉門廳的光亮，布萊薩克在格局圖上給維克多指出了兩名守衛睡覺的房間。要去希臘人塞里福斯的房間，便必須通過守衛這關。

他們來到大門口，門上有兩道巨大門閂。布萊薩克將門閂拉開，右邊就是警報系統的操作桿開關。他把開關關掉，開關旁邊是顆按鈕，他按壓下去，打開了臨近麥佑大道的花園鐵柵欄。

這一切做完後，布萊薩克把門推開，把頭伸出去輕輕吹了聲口哨。

三個身穿黑衣、樣貌粗魯的同夥鑽進屋裡來，與他們會合。

布萊薩克沒和他們說話，一切早就商量好了。他關上門，扳起操作桿開關，然後低聲對維克多說：「我和他們一起去守衛房間，你不用去，在這兒把風就行。」

說完，布萊薩克和他的同伴們消失蹤影。

待維克多確定只有他一人在而可自由行動時，便拉下了操作桿，把門半開著，又按下了啓動麥佑大道鐵柵欄的按鈕。這樣一來，誰都可以自由進入公館了，一切正如維克多所願。

之後他聆聽房間裡的動靜，襲擊開始了，正如布萊薩克所言一般乾淨俐落。兩名守衛在睡夢中遭偷襲，還沒來得及發出半點聲音就被塞住嘴巴，牢牢綑綁在一起。

布萊薩克在希臘人身邊待了片刻，也採用同樣的方法把屋主擒住。

「他說不出什麼有用的信息了，」布萊薩克見到維克多時說：「他被嚇得魂都飛了一半。不過當我談到他三樓的書房時，他的眼睛轉了幾下哩，東西肯定就藏在那兒，咱們上去吧！」

「你的手下也上去嗎？」

「不，要由我們倆親手找出寶貝才行。」

布萊薩克囑咐手下好好看著三名俘虜，不許走出房間一步，特別要注意別發出聲響，因爲三名女僕就睡在樓下。

之後他們兩個去和亞莉姍卓會合。在樓梯口，布萊薩克重新鎖上了那扇門，以免受到手下的干擾，眞有什麼緊急情況，他們只要敲門就行。

亞莉姍卓在椅子上一動不動，她蒼白的臉部肌肉抽搐。

「還好吧？」維克多問：「沒害怕吧？」

「好害怕，」她說話時聲音都變了，「我的每一個毛孔都充滿了恐懼。」

維克多開玩笑地說：「這可是幸福的時光，要是能持久就好了。」

「但這種恐懼真是太荒謬了，」布萊薩克說：「看，亞莉姍卓，我們等於是在自己家裡。守衛被綁起來了，我手下的人正看著他們呢！萬一有什麼危險狀況，梯子就在那兒，我們可以爬梯順利逃脫。鎮定下來，不會有什麼危險的，我們也不用逃跑，有我在呀，一切都計畫好了。」

隨後，他開始清點整個房間的物品。

維克多說：「我們要找一個長二十到二十五公分的扁平小包，裡面放著一千萬法郎。這一千萬究竟以什麼形式存在，我們還不知道。」

布萊薩克按照格局圖的標記一項一項地小聲列舉。

「書桌上有一部電話……幾本書……已付和未付的帳單……與希臘來往的書信……與倫敦來往的書信……記帳簿……沒了。抽屜裡，還是一些文件和書信。沒有隱藏的抽屜暗格？」

「沒有。」維克多說。

搜遍了所有家具和抽屜後，布萊薩克確認了維克多的判斷。「確實沒有。」

隨後他接著清點，「希臘人放紀念品的架子……他女兒的畫像……外孫女的畫像……（他把兩幅畫都摸了一遍）。針線筐……珠寶箱，空的，無夾層……有希臘和土耳其風景的明信片簿……小孩的相簿……兒童集郵冊……兒童地理讀物……辭典……（他一邊說一邊翻看著），畫冊……祈禱書……玩具箱……籌碼盒……擺放布娃娃的鏡櫃……」

整個房間都被布萊薩克分門別類了，他對所有物品進行了仔細的檢查和掂量，舉凡牆壁、家具等一切的一切，都接受了他細緻入微的檢查。

維克多站在原處，漫不經心地聽著，兩眼觀察著布萊薩克清點整間屋子的物品。「凌晨兩點了。」他說：「再過一小時，天就要亮了。見鬼，我們要不要撤退？」

2

「你瘋了！」布萊薩克反對道，他對此次行動的成功毫不懷疑。

他俯身問亞莉姍卓：「還好吧？」

「不好，不好。」亞莉姍卓低聲說。

「妳擔心什麼？」

「沒什麼……沒什麼，但又什麼都擔心……我們還是走吧。」

布萊薩克擺出生氣的動作。「這可不行……我早說過啦，女人就該待在家裡……尤其是像妳這樣敏感、易激動的女人。」

亞莉姍卓說：「如果我實在痛苦得受不住，我們就離開好嗎？」

「這個自然，我向妳保證，真有必要，我們就會離開。但是請妳不要耍任性，我們來這兒可是為了把那一千萬弄到手，我們明知錢就在這兒，若到頭來空手而歸，豈不太可惜了。這哪是我一貫的作風？」

當布萊薩克接著又忙起來時，維克多嘲笑道：「咱們的工作對一個女人來說是難以忍受的……這次盜竊行動肯定不是她所想的那樣。」

「那她為什麼跟來？」

「來看我們在亂糟糟的盜竊行動中、在警察的追捕中如何應對，來看她陷入這樣情況下作何反應。我們這次盜竊本再普通不過了，就像小商人在自己店裡清點物品。」

他突然站起身，說：「聽。」

他們都認眞傾聽。

「我沒聽到任何動靜。」布萊薩克說。

「是的，是的……」維克多承認說：「我好像……」

「空地那邊嗎？不可能的，我把柵欄門上了鎖鍊。」

「不，是房子這邊的動靜……」

「但這不可能！」布萊薩克反駁道。

接下來屋子陷入好一陣寂靜，只聽到布萊薩克繼續清點物品的聲音。

他不小心把一件物品掉落地上。

亞莉姍卓嚇得站起身來。「發生了什麼事情？」

「聽……聽，」維克多也站了起來，「聽……」

「聽什麼？」布萊薩克問。

他們都仔細傾聽著，布萊薩克最後確認道：「根本沒有任何聲音。」

「有，從外面傳來的。這次我確定。」

「你眞是煩人，見鬼！」布萊薩克抱怨道。維克多始終不失鎮定，但同時又萬分警惕，這一點讓布萊薩克對這位與眾不同的夥伴感到惱怒，他接著說：「你最好和我一樣，趕緊去搜東西。」

維克多一動不動，只是豎起耳朵聽著。大街上一輛汽車開過，鄰家院子裡傳來一陣狗吠。

「我也聽到動靜了。」亞莉姍卓說。

維克多提醒道：「還有，你忘了一件事情。我來的時候就注意到了，月亮快要升起，放梯子的那面牆會被月光照亮。」

「我才不在乎！」布萊薩克嚷道。

儘管如此，他還是關了燈，掀起掛毯，打開玻璃窗，俯過身子去看情況。

維克多和亞莉姍卓隨即聽到布萊薩克口裡迸出的咒罵聲。到底發生了什麼事？他看見外面空地上的什麼？

幾秒鐘後，他把頭縮回來，只說了一句：「梯子被人搬走了。」

維克多發出一聲嘶啞吼叫，跟著走到窗邊去看，也咒罵了一句。隨後他關上窗戶，放下掛毯，說：「梯子眞被人搬走了。」

這件事教人匪夷所思。維克多打開燈，指出了整個事件的可怕之處：「梯子不會自己生腳跑掉……究竟是誰把它搬走了？警察嗎？如果是這樣的話，我們八成被發現了，因爲他們看到梯子伸到三樓這個窗口。」

「然後呢？」

「然後他們必定會蜂湧進入公館，發現祕密。應該準備迎戰，走廊盡頭的第二扇門關好了嗎？」

「關好了，關好了！」

「他們會破門而入，光這道門哪擋得住？我說過了，他們會蜂湧來襲！我們三個人遲早會像甕中之鱉一樣被抓住的！」

「你可眞會開玩笑！」布萊薩克反駁道：「你以爲我會坐以待斃嗎？」

「可是梯子已經被人搬走了……」

「還有窗戶呢！」

「我們這是三樓，樓層又那麼高，你也許能從這兒逃脫，我們可不行。況且……」

「況且什麼？」布萊薩克不耐煩地怒吼。

「你明知道窗戶與警報系統相連，你難道想在半夜裡把警報鈴弄響嗎？」

布萊薩克目光如炬地看著維克多，心想爲什麼這該死的傢伙不行動，反而在那兒羅列並誇大他們面臨的障礙呢？

亞莉姍卓虛弱地癱坐在椅子上，兩手握拳托著臉頰，竭力抑制著全身沸騰的恐懼。她一言不發，僵住不動。

安托萬・布萊薩克謹慎地打開了一扇窗戶，警報器並沒作響，看來控制電鈴的應是窗板。他把所有窗戶從上到下地毯式檢查了一遍，連一條縫隙都不放過。

「找到了！看！雖然不知道警報裝置到底安裝在哪裡，但是這根金屬線通向外面，應該是連接一樓的警報器。」

他用一把小鉗子切斷了電線，扯動一根連接四扇窗板的鐵條，然後拔起了插銷。

接下來只需要推一下就好了。

布萊薩克輕輕地推了一下。

房頂警鈴聲就像被一段強力彈簧啓動似的，立即響了起來。

3

布萊薩克迅速合上百葉窗板，關上窗戶，拉起窗簾，以避免鈴聲傳出去。但是房間裡的警報尖銳地響著，這刺耳聲音本身像是蓄積能量出擊，使人腦袋發脹。

維克多鎮定地說：「有兩條電線，你剪斷了外面那條，室內還有一條。這下驚動了公館裡所有的人。」

「白癡……」布萊薩克從牙縫中迸出這兩個字。

說著他把一張桌子搬到房間一角靠近鈴響的地方，拿一把椅子在桌子上放穩，然後爬到椅子上去。順著挑檐走的正是第二條電線，他把電線剪斷，刺耳的鈴聲馬上停止。

布萊薩克下來後，把桌子移回原處。

維克多對他說：「現在危機解除，鈴聲停息了，你可以從這個窗戶逃走。」

布萊薩克朝維克多走去，抓住他的胳膊說：「這要看我什麼時候樂意走。只有找到那一千萬，我才甘願踏出這裡。」

「不可能！你找不到的。」

「爲什麼？」

「我們沒有時間了。」

「你胡扯什麼！」布萊薩克搖晃著維克多低吼道：「你說的淨是些蠢話，梯子可能碰巧滑落到一邊，或者是被愛搗蛋的人搬走，或是被人搬去用了。你的恐懼都是沒必要的，守衛被綁起來了，我的手下正在把風，我們只要繼續找就行啦！」

「已經找遍了。」

布萊薩克向維克多伸出了拳頭，滿懷憤怒地說：「我要把你扔到窗外去，老夥伴。至於你的好處……一個子兒都沒有！看你都做了什麼！」

他停了下來。外面有人吹起了口哨……從空地上傳來一種簡短輕鬆、抑揚頓挫的聲音。

「你聽到了嗎？」維克多問。

「聽到了，是街上傳來的……是個晚歸的過路人……」

「或者是搬走梯子的人，在空地上……有人去報警了。」

這簡直讓人難以忍受，如果是確切眞實的危險，反倒能應付，但現在的危險捉摸不定，讓人不知它到底從哪裡來，也不知是什麼樣的危險。危險眞的存在嗎？布萊薩克不禁心裡嘀咕起來。亞莉姍卓逐漸加深的恐懼，和維克多這可惡傢伙的怪異舉止，讓他心神不寧又惱怒難抑。

十幾分鐘過去了，他們難以名狀的焦慮隨著這種神祕的寂靜和令人窒息的沉悶氣氛而愈加強烈。亞莉姍卓緊緊抱住一把椅子的靠背，雙眼直盯著那扇緊閉著而隨時可能闖進敵人的門扉。布萊薩克又繼續尋找，然後突然停了下來，大腦裡一片混亂。

「這件事籌劃得太糟糕了。」維克多說。

布萊薩克發起火來，他緊緊抓住維克多。維克多一面掙脫，一面不停地諷刺道：「這件事籌劃得太糟糕了……我們不知去向何方……弄得一團糟！」

布萊薩克破口大罵起維克多，如果不是亞莉姍卓跑過去把他們拉開，兩個可能就打起來了。

「我們走吧！」她頓時有了力氣，命令道。

布萊薩克也準備放棄了，說：「對，一走了之，不管怎樣，道路總是暢通無阻的。」

他們兩個走向門口，這時維克多用挑釁的語氣大聲說：「我留下來。」

「不行！你也要一起走。」

「我要留下來，我已經著手的事，就不會半途而廢。布萊薩克，想想你自己說過的話，『來這兒可是爲了把那一千萬弄到手，我們明知錢就在這兒，若到頭來空手而歸，豈不太可惜了。這哪是我一貫的作風？』這也不是我的作風，我向來堅持到底。」

布萊薩克對他說：「你膽子倒是挺大！我現在開始思考你在這整件事中到底扮演怎樣的角色。」

「一個受夠了的人。」

「那麼，你打算怎樣？」

「重啓這個計畫，我再重複一遍，這件事籌劃得太糟糕了。準備得糟糕，執行得也糟糕，我要重新開始！」

「你瘋了！以後再說吧！」

「以後就太晚了，我現在就要重新開始。」

「這怎麼行？見鬼！」

「你不會找……我也不會，但這方面我們有行家。」

「行家？」

「在我們這個時代，各行各業都有行家，我認識搜查方面的能手，讓我叫一個來。」

維克多向電話走去，拿起了話筒。

「喂……」

「你在做什麼，見鬼！」

「做唯一可能且合理的事。我們都來到這裡了，要抓住機會，要走也要帶著那筆錢離開。喂，小姐，請接夏特雷二四〇〇……」

「這個人到底是誰？」

「我的一個朋友。你的手下全是一群飯桶，連你都不信任他們。我的這個朋友是個能手，他一會兒工夫就能把事情解決，讓你目瞪口呆。喂……夏特雷二四〇〇嗎？啊，是您，處長，我是馬可士．阿維斯托，我在麥佑大道九十八號B座，某公館的三樓打電話給您。勞駕您來這兒與我會合，院子和大門的鐵柵欄都打開著。叫兩輛車，帶四、五個人過來，包括拉爾莫那……你們會在樓下看到亞森．羅蘋的三名同謀，他們可能會反抗……在三樓，你們將看到被打趴在地、綑綁得像木乃伊一樣的羅蘋。」

維克多停頓住，他左手抓著電話，右手拿起一把白朗寧手槍對準了布萊薩克，激得布萊薩克緊握雙拳。

「放老實點，羅蘋，」維克多說：「否則，我就像宰狗一樣把你解決。」

他接著在電話裡說：「聽清楚了嗎，處長？你們要在四十五分鐘內趕到這裡。您聽出我的聲音了吧？一點也沒錯？是的，馬可士・阿維斯托，也就是……也就是……」

他又頓了一會兒，朝布萊薩克微笑一下，並朝亞莉姍卓致意，把手槍扔到房間的另一邊，說：

「也就是風化組的維克多警探。」

譯註：

①請參閱亞森・羅蘋冒險系列《兩種微笑的女人》（*La femme aux deux sourires*）。

chapter 12

羅蘋的勝利

1

風化組的維克多！就是那個以非凡洞察力，將撲朔迷離的案情一步步解開的維克多！那個在二十四小時內就揭穿前三名盜走黃色信封之歹徒的維克多！那個發現萊斯科老頭，抓到杜特雷男爵並使他無路可走、畏罪自殺，挫敗菲利克斯·德瓦爾陰謀的維克多！就是他裝扮成祕魯人馬可士·阿維斯托……

布萊薩克聽到這消息後沒有一絲顫抖。他等維克多把電話放回原位，思考了幾秒鐘後，掏出自己的手槍。

亞莉姍卓預料到布萊薩克的這一舉動，撲向他，驚愕地說：「不，不，不能這樣！」

他低聲對她說：「妳說得對，反正結果都是一樣。」

維克多輕蔑地問：「什麼結果呢，布萊薩克？」

「我們較量的結果。」

「確實，這結果早就安排好了不是？」維克多看著自己的手錶說：「兩點半，我預計四十分鐘後，我的上司刑事處處長戈蒂耶先生就會帶著警方人馬趕過來，親自逮捕羅蘋先生。」

「是的，但他來之前的這段時間呢，你這個奸細？」

「他來之前？」

「這段時間難保不會生出什麼變化哪！」

「你確定嗎？」

「幾乎像你一樣肯定。在他來之前，維克多先生……」

布萊薩克擺出架勢，雙腿站定，雙臂交叉在闊實的胸膛前。他比維克多高很多，長得也比滿臉皺紋、肩膀垂垂的老警探結實強壯得多！

「在警察抵達之前，」維克多見狀說：「你給我放老實些，我的羅蘋老弟。不錯，老維克多和青年羅蘋較量，把你逗樂啦，你現在很放心，因為對手只有我一個人，只需彈一下手指就能解決。別傻了，今天不是肌肉與氣力的較量，而是腦袋瓜的較量，誰知這三個星期以來，你在這方面的表現卻相當弱智。眞是失敗啊！這難道就是令我畏懼的無敵怪盜羅蘋嗎？啊，羅蘋，我現在懷疑你該不會憑靠運氣才有今天啊，你的勝利和名氣難不成是因爲你從沒碰上像我這樣勢均力敵的對手？」

維克多拍打著自己胸脯，大聲重複著：「就像我這般對手！像我這般對手！」

布萊薩克搖了搖頭說：「的確，你籌劃得妙極了。你在亞莉姍卓面前演戲，偷她的髮夾，到窩藏者家裡盜竊，在劍橋酒店圍堵中營救我們，這一切都太高明了。我怎麼可能對這樣一個急於表現的人起疑心呢？」

布萊薩克不停地看手裡拿著的錶。維克多嘲諷地說：「你在發抖，羅蘋！」

「我？」

「對，就是你！現在你還能逞強，等到你被抓起來，看你還能怎麼樣！」維克多笑了出來，「瞧，你剛才有多膽小！我就是要讓你知道——你和一個懦弱女子一樣膽小。我就是要在亞莉姍卓面前讓你知道這一點，虧你還嘲笑她。哼！梯子不見了？不就在一公尺以外嘛，我跨過窗台進屋時順手將它推到了一邊。你已經頂不住了，你在我打電話時就沒有反應，現在仍沒有作爲，最後你會放棄那一千萬而從這扇門落荒而逃。」

他跺了下腳，嚷道：「反抗呀，膽小鬼！看呀，你的情人正看著你呢！你病了嗎？軟下來了嗎？來呀，說句話呀，再擺個架勢呀！」

布萊薩克不作反應，維克多的嘲諷毫無作用，他彷彿根本就聽不到。他把視線轉向亞莉姍卓，亞莉姍卓焦躁不安地直盯著維克多。

布萊薩克又看了下錶。「還有二十五分鐘，」他從牙縫裡迸出話，「比我需要的時間多得多。」

「是多得多，」維克多說：「你只需要一分鐘下樓，一分鐘和你的同伴們逃出公館。」

「除此之外，我還需要一分鐘。」

「用來做什麼？」

「來教訓你。」

「見鬼！打我屁股嗎？」

「不，要在我的情人面前痛打你一頓。等警察來時，他們會發現你頭破血流被綁得像木乃伊。」

「並且把閣下的名片塞在我的喉嚨裡。」

「正是，亞森・羅蘋的名片，這項傳統非保留不可。亞莉姍卓，把門打開。」

亞莉姍卓一動不動，是她的感情讓她癱瘓掉了嗎？

布萊薩克跑到門邊，突然罵了起來。「見鬼，見鬼！鎖上了！」

「怎麼，」維克多開玩笑地問：「你沒發覺我把門鎖上了嗎？」

「把鑰匙給我。」

「我這兒有兩把，一把是這扇門的鑰匙，另一把是走廊盡頭那扇門的鑰匙。」

「兩把都給我。」

「這豈不是太便宜你了？讓你下樓離開這棟房子，就像個誠實的市民走出自己家門一樣？那可不成。你必須知道在你和出口之間，取決於一個人的意志，就是風化組維克多警探的意志。到頭來整件事情將如我所計劃的那樣發生。你和我之中，贏家注定只有一個，要麼是羅蘋，要麼是維克多！年輕的羅蘋有三名同夥，伴著手槍、匕首和情人。而老維克多，孤身一人，手無寸鐵，只有美麗的亞莉姍卓公主出任他戰鬥的證人和決鬥的裁判。」

布萊薩克表情冷酷的向維克多走來。

維克多一動不動，沒有什麼話可說了，時間萬分緊迫。警察到來之前，怪盜羅蘋必須制伏、懲罰老維克多，奪過鑰匙。

布萊薩克又逼近兩步。

維克多大笑起來。「來吧！不要顧念我一把年紀！來吧，儘管來！」

布萊薩克又邁進一步，突然向維克多撲過去，把他壓制在地上。他們在地板上扭打了起來，糾纏在一起，進行著一場野蠻的決鬥。維克多試圖掙脫，但布萊薩克緊緊抓著他，使他無法脫身。

亞莉姍卓恐懼地看著這一場面，卻一動不動，彷彿不想對這件事的結局施加任何影響。難道他們兩個誰輸誰贏，對於她來說都沒差別嗎？她狀似焦急而熱切地等待著最後結果。

沒過多久結果就出來了，儘管布萊薩克身體更結實些，但還是年老的維克多站了起來，甚至沒喘幾口氣。他一反常態，和藹微笑地行起禮來，就像剛打趴了對手的馬戲演員一樣。

布萊薩克躺在地上，一動不動，像死人一般。

2

亞莉姍卓臉上顯露出對這般結果的驚愕，顯然她根本未預料到布萊薩克會一敗塗地。在她看來，布萊薩克被打倒在地是不可思議的。

「不用擔心，」維克多一邊搜查布萊薩克的口袋，繳獲了他的槍和刀，一邊對亞莉姍卓說：「這是我的絕招，沒人躲得過……無須揮拳頭，只要不偏不倚地打在胸口上。不要緊的，只不過很疼，得難受一個鐘頭，可憐的羅蘋啊！」

但是亞莉姍卓並不感到擔心，她已經打定主意，只想著接下來會發生什麼，想知道維克多這個又一次困惑爲難她的人到底有何意圖。

「您要把他怎麼樣？」

「怎麼樣？我要把他交給警方。再過十五分鐘，他就會戴上手銬。」

「您不要這樣做，讓他走吧。」

「不行。」

「我求您了。」

「您爲這個男人向我求情，那您自己呢？」

「我自己沒有任何要求，隨您怎麼處置都行。」

她說這話時非常鎮定，就在剛才她還被眼前的危險嚇得發抖。她平靜的眼神裡透露出一種挑戰，甚至是傲慢。

他靠近她，低聲說：「隨便我處置嗎？那我要您現在就離開，馬上。」

「不行。」

「等我的上司來了，我就保證不了了。走吧！」

「不。您的行爲向我證明您隨自己的性子行事，游離在警方之外，甚至必要時會反其道而行。既然您要放我走，那也放了安托萬·布萊薩克，否則我就留下來。」

維克多惱火起來。「這麼說您愛他？」

「問題不在這裡，請放他一馬。」

「不，不行。」

「那我就不走。」

「離開！」

「我要留下來。」

「那好，隨您的便！」維克多憤怒地說：「這個世界上沒有任何一種力量能讓我放他一馬。您聽明白了嗎？我這一個月來把全部心思都耗在這件事上。我的全部生活就爲達到這一目的，那就是抓住他！揭露他的面具！我憎恨他嗎？是的，有可能，但我對他的情緒摻雜了更多憤怒的蔑視。」

「蔑視？爲什麼？」

「為什麼？既然事實這麼明擺著，您都沒悟到，我就告訴您吧！」

布萊薩克爬了起來，面色蒼白，呼吸急促，又倒了下去，一屁股坐下。看得出來他意識到自己的失敗是無法挽回的，此時此刻只想逃跑。

維克多雙手捧起亞莉姍卓的頭，急切地強調說：「不要看著我……不要用您渴望的眼眸審訊我……您要看的不是我，而是他……您愛的男人，或者更確切地說是您愛他的傳奇故事，他那不可戰勝的無畏精神和他的足智多謀。您看看他呀，不要把頭扭開！看著他，然後承認他讓您失望了。您期待的對象比這更美好，不是嗎？羅蘋應該有另一種風采。」

維克多惡意地笑著，手指向落敗的羅蘋。

「羅蘋，應該被人像襁褓中的嬰孩一樣耍弄嗎？暫時不談他從一開始就犯下的錯誤，我開始透過您把他引上鉤，之後又在納依區他的家裡把他騙得團團轉。就看今天晚上，在這裡，他都做了些什麼？整個晚上，他就是一個任我隨意擺弄的玩偶，小丑！這是羅蘋嗎？說他是個軋帳的雜貨商還差不多。沒有半點主見！沒有一點腦子！我操縱他、嚇唬他的時候，他就像個傻瓜。您看看他，您的羅蘋一無是處。我只不過賞了他胸口一拳，他就臉色蒼白，像要嘔吐！服輸了？不，從來都不，眞正的羅蘋不會認輸。他從哪裡被打倒，就從哪裡站起來。」

維克多突然站直，身形霎時顯得高大了許多。

站在他身邊的亞莉姍卓渾身顫抖，喃喃問道：「您是什麼意思？您指控他什麼？」

「指控他的是您。」

「我？……我？……我不明白……」

「怎麼不明白？現實開始讓您感到不知所措了，您眞的認爲這個男人有您想像的那麼偉大嗎？您愛的眞是他嗎？還是另外一個更偉大的人，一個眞正的高手，而不是這個庸俗的投機者？一個高手，」維克多拍著自己的胸脯補充道：「是可以透過一些特徵認出的！高手不管在何種情況下都具有高手的風範！您怎麼會盲目到這個地步？」

「您到底在說什麼？」亞莉姍卓迷茫地問：「我哪裡弄錯了？什麼？他是誰？」

「安托萬・布萊薩克。」

「安托萬・布萊薩克是誰？」

「僅僅就是安托萬・布萊薩克。」

「不對，他還有另外一個身分！這個人是誰？」

「一名小賊！」維克多狂吼道：「一個名副其實的小賊！他假冒別人身分，瞬間自擁耀眼的光榮。漸漸地，就開始蒙蔽人！向一個女人暗示：『我是羅蘋』，如果這個女人飽受苦難，尋找激情和非同尋常的感受，他就扮演怪盜羅蘋的角色，形似而神非，直到有一天事情敗露，像個假人一樣被打倒在地。」

她羞愧得滿臉通紅，低聲抱怨道：「這可能嗎？您肯定嗎？」

「轉過頭看看他，您也會像我一樣肯定的。」

她沒有轉過頭去，然而卻不得不接受這一現實。她激動的雙眼緊盯著維克多，彷彿一些不由自主和混亂的想法正一點一點地侵襲著她。

「您快走吧！」維克多說：「布萊薩克的手下應該認識您，會給您放行的……要不然，您可以爬梯子逃走……」

「有什麼用呢？」她說：「我更願意等著。」

「等什麼？警察？」

「一切都無所謂了。」她疲憊不堪地說：「不過，還有一個願望。」

「什麼願望？」

「樓下的那三個都是粗人……警察來的時候，可能有打鬥，有人會掛彩，不能……」

維克多看了一眼布萊薩克，他彷彿還很難受，動都動不了。於是維克多打開門，跑到走廊盡頭，吹了聲口哨，那三名手下快速爬上樓來。

「迅速撤離……警察來了！走的時候，切記不要關上花園的鐵柵欄。」

說完後他又回到書房裡。布萊薩克沒有動過。亞莉姍卓也沒靠近過他。

他們之間沒有半點眼神交換，就像兩個陌生人一樣。

兩三分鐘過去了，維克多仔細聽著周圍動靜。

傳來了隆隆引擎聲，兩輛車在公館門前停了下來。

亞莉姍卓緊緊抓住椅子的靠背，指甲抓著椅背的布。她臉色慘白，但仍控制住自己。

樓下傳來了幾聲話音，之後又陷入寂靜。

維克多小聲說：「戈蒂耶先生和他的人馬已進到房間裡了，他們正在拯救守衛和希臘人。」

此時，安托萬·布萊薩克奮力站了起來，走到維克多面前。他由於疼痛再加上害怕而面部扭曲。他指著亞莉姍卓，含糊不清地問：「她會怎麼樣？」

「這個不用你操心，前一任羅蘋。這已經不關你的事了，還是想想你自己吧！布萊薩克是個假名，是不是？」

「是的。」

「真名呢？我們能查出來嗎？」

「不可能。」

「殺過人嗎？」

「沒有，除了捅比米士那一刀，不過還沒有證據可以證明是我做的。」

「盜竊過嗎？」

「沒有任何確鑿的證據。」

「總之，只坐幾年牢。」

「幾年而已。」

「這是你罪有應得。之後呢？靠什麼生活？」

「國防債券。」

「你藏的地方安全嗎？」

布萊薩克笑了。「比杜特雷放在計程車裡安全多了，不會被找到的。」

維克多拍了拍他的肩膀，說：「好啦，你能安排妥一切再好不過了。我這個人並不壞，讓我厭惡的是，你盜用羅蘋的大名，詆毀了這個人的名聲，這一點我不能原諒，因此我要把你送進監獄。但考慮到你在計程車事件中的洞察力，如果你不在預審中胡說八道的話，我不會指控你。」

樓下的聲音漸漸大起來。

「他們來了，」維克多說：「他們在搜查走廊，很快會上樓。」

他看上去欣喜若狂，也開始跳起舞來，舞步輕盈得驚人。這位頭髮花白的卓越老先生，十分滑稽地一邊跳著，一邊譏笑道：「看，我親愛的安托萬，這才叫羅蘋風格的舞步呢！和你剛才的蹦跳完全不同！啊！只有眞正的羅蘋聽到警察的腳步，獨自一人面對眾敵，面對別人說：『是他，羅蘋！不存在風化組的維克多警探，只有羅蘋，羅蘋和維克多就是同一個人。要想抓羅蘋，就得抓維克多。』這時，才會如此激動得意。」

他突然在布萊薩克面前停了下來，對他說：「看吧，我原諒你了。看在你給了我這一美妙時刻的份上，我就把你的刑罰減少到兩年，一年吧。一年之後，我幫你越獄，怎麼樣？」

布萊薩克聽糊塗了，含混不清地說：「你到底是誰？」

「你說過了，傻瓜。」

「嗯？什麼？你也不是維克多？」

「確實有一個叫維克多．奧丁的殖民地公職人員應聘安全部門警探的職位。但他死了，把證件留給了我，我正好想在這時偶爾扮演一下正義警察角色來娛樂消遣。不過，你對此要守口如瓶，就讓他們把你當成羅蘋，這樣更好。不要提及你在納依區的住處，不要說任何對亞莉姍卓公主不利的話，明白了嗎？」

樓下的聲音越來越近了，除此之外，還隱約聽到其他人的聲音。

維克多前去迎接戈蒂耶先生時，對亞莉姍卓說：「用手帕把您的臉遮住，千萬不要害怕。」

「我什麼都不怕。」

戈蒂耶先生由拉爾莫那和另外一個警察護送著跑上來，他在門口停下腳步，滿意地欣賞著眼前這副光景。

「怎麼樣，維克多，都解決了？」他愉快地問。

「都解決了，處長。」

「這個人就是羅蘋？」

「是他本人，用安托萬・布萊薩克這個化名。」

戈蒂耶先生注視著被俘的犯人，和藹地對他微笑了一下，然後命令下屬給他戴上手銬。

「好樣的！眞是可喜可賀，」他說：「羅蘋被捕：大名鼎鼎，無所不能，不可戰勝的羅蘋掉進陷阱，進了監牢！警方大獲全勝！這雖反常規，但結果就是如此，羅蘋被風化組警探維克多抓獲。眞了不起，今天可是個好日子。維克多，這位先生老實不老實？」

「老實得像隻羔羊。」

「他看上去有點虛弱不堪。」

「他挨了點打，但不算嚴重。」

戈蒂耶先生轉向彎著腰、蒙著臉的亞莉姍卓問：「這個女人是誰？」

「羅蘋的情人和同謀。」

「電影院的那個女人？『簡陋小屋』和沃吉哈爾街的那個女人？」

「是的，處長。」

「好樣的，維克多。眞是一網打盡呀！之後你要詳細地講給我聽。至於國防債券，恐怕被羅蘋藏到了安全的地方，找不著了吧？」

「在我的口袋裡。」維克多從一只信封中掏出那九張國防債券。

布萊薩克震驚得跳了起來，粗魯地呵斥維克多一句：「混蛋！」

「罵得眞是時候！」維克多說：「最後一刻，你終於有了反應！你不是說藏的地方任誰都找不著嗎？藏在你別墅的管道裡，你把這叫做找不著的地方？眞是幼稚！我頭一天晚上就發現啦。」

他走到布萊薩克跟前，壓低聲音，用只有布萊薩克一人能聽到的音量說：「閉嘴……我會補償你的……你最多坐七、八個月的牢……出來以後，我向你保證有退伍軍人一樣的津貼，外加一家菸草店，怎麼樣？」

這時，其他警察在解救完希臘人之後也上來了。希臘人由他的兩名守衛扶著，激動地揮舞胳膊大喊大叫著。

當他看到布萊薩克時，立即喊道：「我認識他！是他打了我，還塞住我的嘴。我認得他！」

但他由於恐懼又馬上住口，好在兩名守衛攙扶著他才沒倒下。他雙手指著擺放紀念品的架子，結結巴巴地說：「他們盜走了我的一千萬！我的集郵冊！無價的收藏。我可以賣一千萬，很多人都報給過我這個價……是他偷走的，是他！你們快搜查他！……壞蛋！……一千萬呀！……」

3

警察搜了布萊薩克的身，布萊薩克不知所措，沒做任何抵抗。

維克多感到兩個人的目光死死盯著他。一個是亞莉姍卓，她此時已拿開手帕，抬頭看著他。另一個是布萊薩克，他目瞪口呆地盯著維克多。那一千萬不見了……在這種情況下？布萊薩克此時的思維漸漸清晰起來，他嘟噥了幾句，彷彿就要大聲說出來，指出眞凶，爲自己和亞莉姍卓辯解。

但被維克多嚴厲的眼神注視著，他只能保持緘默。在指控之前，要先想一想，但他怎麼想都不明白那一千萬是怎麼消失的，因爲當時只有他本人在找，什麼都沒找到，而維克多根本沒動作。

維克多搖搖頭說：「塞里福斯先生如此肯定的說法讓我感到吃驚。我和安托萬・布萊薩克成爲朋友，陪他來到這裡，並在他搜查時一直監視著他。但是，他沒有找到任何東西。」

「然而……」

「然而布萊薩克還有三名同謀，已逃逸無蹤，我還記得他們的體貌特徵。可能是他們帶走了錢，或是塞里福斯先生所說的集郵冊。」

布萊薩克聳了聳肩，他很清楚那三名同夥根本沒進過那個房間。但是他卻什麼也沒說、什麼都不能做，一邊有司法機關及其強大的力量，另一邊是維克多，而他選擇了維克多。

*　*　*

就這樣，凌晨三點半的時候，一切都結束了，調查以後再做。戈蒂耶先生決定馬上把安托萬・布萊薩克和他的情人帶到警察總局偵訊。

他們又給納依警局打電話通報了情況。那間房間已被封鎖，兩名警察與希臘人塞里福斯以及他的兩名守衛留在公館裡。

戈蒂耶先生和兩名警探把布萊薩克押到警車裡，維克多、拉爾莫那和另外一名警探則負責押解亞莉姍卓。

他們離開麥佑大道時，清晨的幾縷曙光已掠過地平線，空氣凜冽。穿過森林，駛過亨利—馬丁大街，來到了塞納河畔。第一輛車取道另外一條路。

亞莉姍卓臉上仍蓋著手帕，坐在車內角落裡，幾乎看不到她。車窗開著，凍得她直發抖，維克多便搖上窗玻璃。馬上就到警察總局了，維克多吩咐司機停下來，對拉爾莫那說：「都凍僵了……我們應該取暖一下。你認爲呢？」

「確實是。」

「去買兩杯咖啡來吧，我在這兒看著。」

幾輛載往市場的蔬菜車停在一家酒館前，店門半開著，拉爾莫那迅速下了車。維克多隨後又馬上打發走另外一名警探，說：「叫拉爾莫那再買幾塊羊角麵包回來。快點去！」

他推開司機背後的隔離玻璃，伸長胳膊，等司機轉過頭來時朝司機下巴狠狠揮了一拳，把人打暈了。之後，他從靠人行道一側的車門下車，又從前門上車，抓起昏厥的司機拖放到馬路上，然後自己坐上駕駛座。

街上空無一人，無人目睹這一幕。

他迅速發動了汽車。

汽車沿著雷弗利路和香榭麗舍大道行駛，之後取道納依區，直抵魯勒大街上布萊薩克的住處。

「您有鑰匙嗎？」

「有。」亞莉姍卓鎮定地回答。

「您可以安心地在這裡住兩天，然後到哪位朋友家暫避，風波過了便可以到國外去。再見！」

說完，他開著警車離開了。

此刻，刑事處處長已得知維克多令人難以置信的舉動，以及他和女犯人一起逃跑的事。

警方派員去了他家，顯然就在那天早晨，老僕人和維克多提著行李，開著警局的車子離開了。

後來，在萬森森林裡找到這輛被遺棄的警車。

這一切意味著什麼呢？

所有的晚報都一五一十地報導了事情的經過，但沒有任何一家報紙提出半點有根據的推斷。

直到第二天，哈瓦斯通訊社公布了亞森・羅蘋的信，才解開這一謎團，同時引起了社會大眾的強烈迴響，有人興奮，有人憤慨。

信件的全部內容如下：

澄清眞相

我要向大家宣布，風化組警探維克多的使命已告完結。最近一段時間，維克多主要的任務是追蹤亞森・羅蘋，或者更確切地說是揭下安托萬・布萊薩克的面具。此人冒用亞森・羅蘋的大名，維克多警探致力於揭穿此人以表示他對這般卑鄙行徑的厭惡。

今天，多虧了維克多，假羅蘋才得以繩之以法，而維克多任務完成則功成身退。

但是他不能允許自己身爲警察的名譽受到絲毫玷污。抱著謹慎的態度和良心，他並未自己佔有那九張國防債券，所以把它們託給了我，囑咐我轉交給警察總局。

至於如何找到那一千萬之事，必要詳細說明交代，才能讓諸位瞭解維克多的足智多謀以及他如何毫不費力就解決了這道異常難題。塞里福斯有一份「A. L. B.文件」，布萊薩克把它理解爲「阿爾巴尼亞文件」並進行調查。當天晚上，在麥佑大道塞里福斯的公館裡，他大聲清點了三樓書房裡虔誠擺放好的紀念品：「相簿，集郵冊」。這幾個詞奇蹟般地提醒了細心的維克多警探。

是的，維克多立即就想到布萊薩克的理解是錯的，A. L. B.只可能是集郵冊（album）這個詞的前三個字母。塞里福斯先生一半的財富並非裝在一個阿爾巴尼亞文件中，而是一本價值千萬法郎的稀有集郵冊。以這樣直覺和眼力破解如此深奧的謎團是否特別出奇？在如此混亂的場面中，維克多只做了小小一個動作，集郵冊就神不知鬼不覺地進了自己的口袋。

憑藉這一舉動，維克多難道無權佔有這一千萬嗎？我認爲他有權利，但是維克多出於自身正直人格和細膩感情，並沒有這樣做。因此他在交給我國防債券的同時，也把集郵冊給了我，保持他做爲警探的一身清白。

我將投遞國防債券寄給刑事處處長戈蒂耶先生，並向他表示維克多警探的感謝。至於那一千萬，鑑於塞里福斯先生富甲一方，而且他把自己的財富用集郵這種不合理方式保存，我認爲我應當把這筆錢投入流通領域，直到最後一分錢。我會不遺餘力地嚴格完成這項任務，直到最後一分錢……

此外，我認爲，風化組的維克多警探花了如此大的力氣在這件案子上，不僅是出於好奇，還出於他對自己傾慕對象的一種騎士風度表現。這個女人就是最初他在電影院遇到的那位美女，也是假冒羅蘋的安托萬．布萊薩克的犧牲品。我認爲應當讓她重歸貴婦和守法公民的生活，因此我放走了她。願她在隱居中，能接受風化組維克多警探和祕魯人士馬可士．阿維斯托的告別，以及亞森．羅蘋深深的敬意。

這封信公開的第二天，刑事處處長收到一封掛號信，裡面裝的是九張國防債券。信裡還另附有一張紙條，簡要解釋了艾麗絲．馬松被杜特雷男爵殺死的經過。

至於羅蘋說自己要親自投入流通領域的那一千萬法郎，就再沒人聽說過。

在這之後的第二週週四下午兩點左右，亞莉姍卓．巴茲萊耶夫公主離開她暫時躲避的朋友家，在杜樂麗公園散步了很久，然後來到雷弗利路。

她穿著十分樸素，但其驚人美貌總是吸引別人的目光，她並沒有躲避這些目光，也沒有隱藏自己。她有什麼可恐懼的呢？能懷疑她的人一個都不認識她，英國人比米士和安托萬·布萊薩克也沒有揭發她。

三點鐘的時候，她走進聖雅克廣場。塔影下的一張長椅上坐著一個男人。

剛開始她猶豫了一下，是他嗎？他看起來一點也不像祕魯人馬可士·阿維斯托，也不像風化組的維克多警探。他比馬可士·阿維斯托年輕高雅多了！比警探維克多細膩高貴多了！他的朝氣和魅力引她心緒不寧。

不過她還是繼續向前走。他們的目光交會，她沒有弄錯，就是他，雖然變成了另外一個人，但仍舊是他。她靜靜地在他身邊坐下，沒有說一句話。

兩人就這樣肩並肩坐著，沉默無語。一股強烈的感情將他們聯繫在一起，又同時隔開著，他們都害怕破壞了這種魅人的感覺。

最後，他開口道：「是的，自從電影院初次看到您，就決定了我的行動。我之所以追蹤整個事件，就是爲了再度一睹芳影。但是我爲了接近您，被迫扮演兩個角色，令我深受煎熬！多麼折磨人的一齣戲啊！而且，那個布萊薩克令我非常惱火。我討厭他，但同時，我又對被冒牌羅蘋欺騙的這個女人萌生強烈的好奇和深切的柔情。我的情感中混雜著惱怒，但這歸根結柢還是愛，深沉而熱烈的愛。可是我遲遲沒有機會告訴您，直到今天才能對您表白。」

他停了下來，並不等待什麼答案……他甚至不需要答案。吐露完自己心聲之後，他開始說起她，這些甜美的話語滲入到她心中，使她無法拒絕。

「您身上最觸動我的，也最足以顯示出您心理狀態的，是您對我本能的信任。這種信任是我偷來的，這一點我感到慚愧。但這種信任悄悄地向我走來，連您自己都不知所以然，這是因爲您需要保護，這是發自您內心的渴求。布萊薩克並沒有給您這種保護，您尋求的危險到他身邊就變成了不能忍受的焦慮，而在我身邊，從第一次開始，您整個人就鎮靜下來。想想那天晚上，您最害怕的時候，自從維克多控制了局面，您就放鬆下來，不再痛苦。之後您猜到維克多的眞實身分，就知道您肯定不會進監獄了，於是您鎮定地等待警察的到來，一點也沒有害怕……您上警車時幾乎是微笑著的。您的恐懼裡剩下的只是喜悅……您的喜悅源自和我一樣的感情，是不是？這種感情彷彿油然而生，但您早就感受到了它的力量……是不是？我沒說錯吧？這一切都是您內心眞實的感受吧？」

她沒否認，也沒承認，但是她的臉龐多麼恬靜呀！

他們就這樣肩並肩坐著，直到黃昏日落。

夜幕降臨了，她任由他開車載著她……不知歸去何方……

他們如此幸福。

如果說亞莉姍卓覓得了心中的平衡，她可能還未找回正常意義的生活，尤其是她並不想試圖去改變她伴侶不尋常的生活方式。但是她的伴侶，這位拒絕循規蹈矩且總做受人指責的事，履行最荒唐義務的伴侶，是如此可愛、風趣和忠誠。

他信守承諾。八個月過後，在布萊薩克離開雷島監獄去服勞役時，把人解救了出來。根據他對布萊薩克的承諾，他也救出了英國人比米士。

有一天，他去歌爾詩，看到一對新人挽著手從市府走出來。這對新人正是已與出軌妻子離婚的古斯塔夫・紀堯姆和嘉蓓蕾・杜特雷男爵夫人。這位寡婦如今得到了慰藉，成了幸福的新娘，搭著愛侶古斯塔夫的肩膀。

當他們正要登上豪華禮車時，一位高雅紳士向他們走來，俯身向新娘獻上一束美麗的白花。

「親愛的夫人，您不認識我了？是我，維克多，您應該還記得吧？……維克多，風化組的維克多警探，也就是亞森・羅蘋。是我促成了兩位這樁喜事，我早就猜出古斯塔夫・紀堯姆給您留下了美好印象。我向您獻上最誠摯的敬意和最忠心的祝福……」

那天晚上，羅蘋對亞莉姍卓公主說：「我對自己太滿足了。每回能做好事時就不吝嗇，把不得已時所幹下的壞事全補償了。我敢肯定，亞莉姍卓，嘉蓓蕾祈禱的時候肯定不會忘記風化組正直的警探維克多。多虧了他，可惡的杜特雷才進了一個更美好的世界，給她難以抗拒的古斯塔夫騰出了位置。妳不知道，這件事多令我得意啊！」

國家圖書館出版品預行編目資料

神探與羅蘋／莫里斯・盧布朗（Maurice Leblanc）著；呂姍姍譯.
——初版.——臺中市　：好讀, 2012.02
面：　公分，——（典藏經典；48）

譯自：Victor de la Brigade mondaine

ISBN 978-986-178-223-2（平裝）

876.57　　100025799

好讀出版

典藏經典48

神探與羅蘋

原　　著／莫里斯・盧布朗
翻　　譯／呂姍姍
總 編 輯／鄧茵茵
文字編輯／林碧瑩
美術編輯／許志忠
行銷企畫／陳昶文
發 行 所／好讀出版有限公司
台中市407西屯區何厝里19鄰大有街13號
TEL:04-23157795　FAX:04-23144188
http://howdo.morningstar.com.tw
（如對本書編輯或內容有意見，請來電或上網告訴我們）
法律顧問／陳思成律師

初版／西元2012年2月15日
初版三刷／西元2021年7月10日
定價：220元

讀者服務專線／TEL：02-23672044 / 04-23595819#230
讀者傳眞專線／FAX：02-23635741 / 04-23595493
讀者專用信箱／E-mail：service@morningstar.com.tw
網路書店／http : //www.morningstar.com.tw
郵政劃撥／15060393（知己圖書股份有限公司）
印刷／上好印刷股份有限公司

如有破損或裝訂錯誤，請寄回知己圖書更換

Published by How-Do Publishing Co., Ltd.
2012 Printed in Taiwan

ISBN 978-986-178-223-2